Agnes Miegel

Gesammelte Balladen

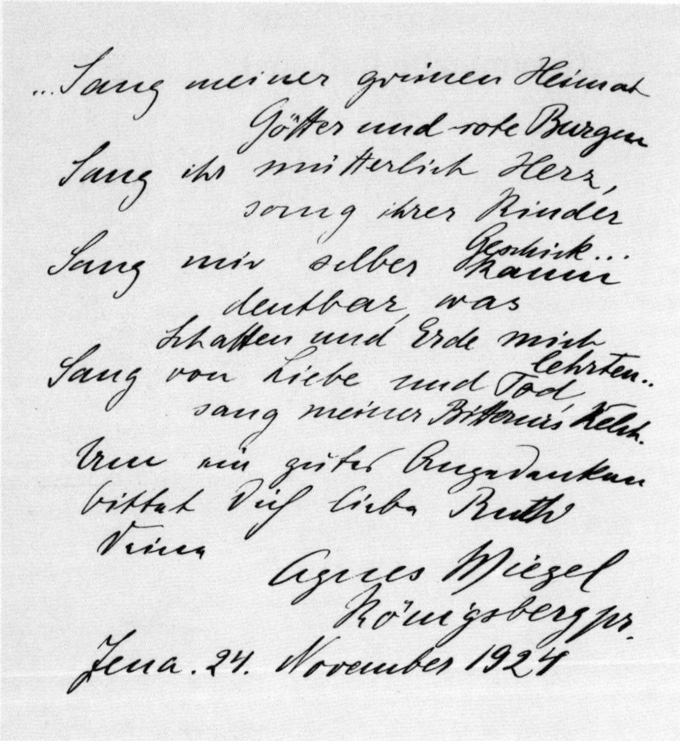

...Sang meiner grünen Heimat
Götter und rote Burgen
Sang ihr mütterlich Herz,
sang ihrer Kinder Geschick...
Sang mir selber kaum
deutbar, was
Schatten und Erde mich
Sang von Liebe und Tod, lehrten..
sang meiner Bitternis Kelch.
Um ein gütiges Angedenken
bittet Dich liebe Ruth
Deine
Agnes Miegel
Königsberg pr.
Jena. 24. November 1924

Widmungsexemplar der „Balladen und Lieder“ für Ruth Diederichs
Zitat aus dem Gedicht „Ich“

Agnes Miegel

Wie Bernstein leuchtend auf der Lebenswaage

Gesammelte Balladen

RAUTENBERG
im Verlagshaus Würzburg

Auf der Grundlage der Gesammelten Werke Agnes Miegels Bd. II (Balladen) und Bd. I (Gedichte) herausgegeben von Ulf Diederichs. Der Buchtitel ist der ersten Strophe „Mein Bernsteinland und meine Stadt" (Königsberg 1944) entnommen.

Umwelthinweis:
Dieses Buch und der Umschlag wurden auf chlorfrei gebleichtem Papier gedruckt.
Die Einschrumpffolie – zum Schutz vor Verschmutzung – ist aus umweltverträglichem und recyclingfähigem PE-Material.

Printed in Germany
Druck und Verarbeitung: Offizin Andersen Nexö, Leipzig

Rautenberg im Verlagshaus Würzburg

ISBN 3-8003-3053-9

INHALT

Agnes Miegel, Gesammelte Balladen

Anhang

Gib, Erde, gib!
Wie die Mutter, wenn das Kind sie quält,
Bis sie erzählt: Es war einmal,
Jung seid ihr und ich bin alt,
Bis sie sagt: So wars, als ich selber Kind –

Wie den Staub, der von dem Spaten rinnt,
Wie den rieselnden Sand durch die wühlende Hand,
Laß die Jahrtausende gehn und verwehn!
Laß uns sehn
Was du sorglich verborgen in deinem Schrein.
Einen Tag nur gib's zu Fabel und Spiel,
O du hast soviel!

Wie Krokus flammen im Morgenschein
Im Frühlingslicht überm Steppengrau
Streithelm und Haarpfeil aus gelbem Gold.
Aus geborstener Lade rollt
Karneol, so rot wie ein roter Mund,
Und Muscheln rosig wie Wangenrund
Und der Strahlenblick von Topas und Beryll
Und sanfter Saphir, hyazinthenblau.

Silberne Harfe, du lehnst so still,
Blinde, verstümmelte Sängerin,
Mit dem Widderhaupt an der Quaderwand.
Noch liebkost dein Vließ die Knochenhand
Lazertenbraun unterm Reifengeklirr.

Doch leer auf des Brettspiels Feldergewirr
Liegt des Großkönigs Ring mit dem Siegelstein.

Und zog allein
Zerschrammend den Zug, der den Steg zerschlug,
Vom Feld des Stiers zu dem Felde Tod.

O wie flammen im Abendschein
Dolch und Schwerter so rot wie Blut!
Grell wie Mohn, schwer wie Wein,
Tropft die purpurne Abendglut
An dem Schutt hinab, in die Gruft hinein,
Über den leeren Altarstein –
Nimm hin! Nimm hin!

Es schlieft wie ein Tier und Nebel raucht
Und Dunkel starrt und Moder haucht.
Horch, klang es nicht in der Tiefe drin
Wie der Stein im leeren Brunnenschacht?

Unter der schwarzen Schürze Nacht,
Erde, verbirg uns mütterlich!
Müde gespielt schlafen wir bald
An deine grünen Kniee geschmiegt,
Von deines Herzens Zikadensang eingewiegt:
Schlaft, o schlaft!
– Jung bin ich und ihr seid alt –

SCHLAFENDE GÖTTER

Das sind die Götter, deren Namen vergessen sind:

Auf silbernen Wolken, hoch über Wipfeln und Wind,
In fahlem Licht, nicht Tag und nicht Dämmerung,
Thronen sie schweigend, schlafend und ewig jung.
Eherner Schlummer den breiten Lidern ward,
Aber ihr Herz blieb wach. Es hofft und harrt
Ob eine Stimme nicht aus des Elends Tiefe
Laut und verzweiflungsvoll ihren Namen riefe.
Und sie warten, ob man ihn jauchzen werde,
Dankbar in Lust und Glück tief auf der grünen Erde. –

Dann wird die Schar der Unsterblichen wieder erwachen,
Durch die Hallen der Himmel geht tönend ihr Lachen,
Schön gekrönt von neu erblühendem Kranze
Werden sie niedersteigen im eigenen Glanze,
Stolz und froh, bereit ihre Liebe zu geben,
Breiten sie gnädig die Arme dem suchenden Leben,

Die Götter lächeln im Traum, als ob es wehte
Um ihre Stirn wie zager Herzen Gebete,
Priestergesang dünkt ihnen das Klingen der Luft,
Sie atmen's wie Opfergerüche und Nardenduft,
Ihre lockigen Häupter sinken tiefer im Traum.

Die schimmernden Wolken streift lautlos der Mantelsaum
Wandernder Jahre, tausend und abertausend.
Zerstobene Sterne streifen singend und sausend
Ihrer Kronen goldene Zacken, zuckend und heiß, –
Sie spüren es nicht. Sie harren geduldig des Schreis
Der sie wecken wird zur Freude segnenden Gebens.

Aber nie wieder erweckt der Ruf des Lebens
Die in Dämmerung Träumenden.
Tief auf der grünen Erde
Zerfielen zu Staub ihre letzten Opferherde.
Seit Zeiten, so lang, daß Menschen sie nicht mehr messen,
Sind der schlafenden Götter Namen vergessen.

MELCHIOR

Das Lagerfeuer qualmte durch die Nacht,
Frostklar am kalten Himmel sprühten Sterne.
Und wenn der eisige Sturm die Glut entfacht
Kam Wolfsgeheul aus bleicher Steppenferne.

Wo Tier und Treiber sich geborgen betten
Wachte allein der Greis im roten Licht.
Leis klirrten der Kamele Halfterketten,
Ihr heißer Atem streifte sein Gesicht,
Ein Funke stob. Er achtete es nicht.

Die welke Lippe murmelte Gebete,
Im weißen Barte fingerte die Hand.
Und klarer als Beryll und Diamant
Glänzte sein Auge, das ins Dunkel spähte.
Er sah den hellen Schein am Felsenrand
Lang eh der Morgenwind die Schlucht durchwehte.
Er sah des Schweifsterns strahlende Wunderbahn
Durch heiligster Gestirne Zeichen steigen
Gekrönt, wie eines Siegers Herrlichkeit.

Und Sturm und Kreatur bei seinem Nahn
Verhaltnen Atems lag in Angst und Schweigen
Und spürte schauernd ihn, in tiefsten Schlummers Wahn
Aufschluchzend, wie befreit von einem Bann,
Dumpf stöhnend dann bei seinem Neigen
Als jäh er sank, vollendend seine Bahn.

Mit seiner Stirn in Sand und Asche schlug
Aufweinend da der Greis aufs Angesicht.

Und hörte des Erwachens Unrast nicht
Die schrill, wie eines Krähenschwarms Geschrei
Durch brauend weißen Morgennebel drang.

Doch er allein hörte von fernen Hufen
Den Schall, den die gefrorene Erde trug
Und hob sein Haupt, zu spähn wer es wohl sei, –

Und sah den Reiter der vom Pferde sprang,
Und breitete die Arme wie zum Segen
Und lief dem Schwarzgesichtigen entgegen
Der schweigend ihn im Bruderkuß umschlang.

Die Ihm Gold und Weihrauch dargebracht,
Die drei Weisen zogen durch die Nacht,

Lautlos war die Stunde. Durch das Blau
Sprühten nur die Sterne, feucht und groß vom Tau,

Zuckten spiegelnd auf in zitterndem Strahl
Aus dem stillen Fischersee im Tal.

Über den Saumpfad, den die Weisen gingen,
In dem Nachtwind klang ein fernes Singen.

Sprach der Eine: „Sehet, es wird Tag,
Aus dem Grund klingt schon ein Vogelschlag."

„Bruder nein, das ist kein Vogellied,
Ist ein Wellenrauschen nur im Ried."

An den Stab gelehnt der Dritte stand,
Strich das weiße Haar mit welker Hand:

„Die so lieblich dort im Wind verschwimmen,
Brüder horchet: es sind Kinderstimmen!

Brüder horchet: durch die Vogelfeinen
Klingt es hilflos wie ein leises Weinen,

Klingt's, wie Lämmer rufen ihren Hirten, –
Auf und laßt uns suchen die Verirrten!"

Und er spähte ringsum – allerwegen
Zog ein lichtes Glänzen ihm entgegen,

Von den Halden, den Olivenhainen,
Schwebend kam ein Schwarm von winzig kleinen,

Nackten Kindern mit bekränztem Haar –
Wölkchenklar und strahlend schien die Schar.

Weinend, lachend formte sich ihr Lallen
Hell zum Lied. Doch röter als Korallen

Rollten über blumenzarte Glieder
Tropfen Bluts aus klaffenden Wunden nieder.

Und sie sangen: „Die im Stall ihn fanden,
Weise Magier aus den Morgenlanden,

Die dem kleinen Herrn die Kniee beugten,
Seid gegrüßt von uns, die für Ihn zeugten!

Königsrose, Davids Stamm entsprossen,
Unser Herzblut ist für Dich geflossen.

Deines Leidensreiches Erstgeborne
Sind wir, früh zu sterben Dir Erkorne,

Eh sich Schuld in unserm Blick gespiegelt,
Eh das Buch des Wissens uns entsiegelt.

Deines Feldes erste grüne Saat
Sind wir, Halme, nie gereift zur Mahd,

Ährenlose, die sich wispernd schwingen
Bei der Wiegenlieder Lerchensingen,

Die sich wunschlos, stumm und selig dehnen
Unterm Schauer warmer Muttertränen.

Steinige Menschenerde – Heimatland,
Lebe wohl, das uns zu früh verbannt!

Sorglos spielend in Gottvaters Garten
Werden unsern Heiland wir erwarten,

Bis uns rufen wird der gottverklärte,
Dorngekrönte, sanfte Spielgefährte!" – –

Über den Saumpfad, den die Weisen gingen
Wie ein Schwarm von weißen Schmetterlingen

Aufwärts schwebte still der Kinderreihn
In die veilchenblaue Nacht hinein.

Hoch und selig schwirrten noch die hellen
Stimmchen, wie ein Rieseln naher Quellen,

Bis auch das im wehenden Wind verstob,
Der sich jäh und morgenfrisch erhob.

MAGDALENA

Von den rosigen Zehen
Streife die goldenen Ringe ab,
Deine Purpursandalen
Wirf in den steinigen Bach hinab.
Büße, büße,
Goldhaarige Sünderin!
Deine verwöhnten Füße
Schreiten durch Dornen und Disteln hin.

Deine Linnengewänder
Zieh die ambraduftenden aus,
Schreite im Büßerhemde
Aschebestreut aus dem weißen Haus.
Weiche, weiche,
Fern von der lärmenden, schwärmenden Stadt,
In des Elends Reiche,
Wo der Jammer sein Lager hat.

Nicht mehr im Bett der Großen
Wälzt du der zärtlichen Glieder Pracht,
Einsam auf kalten Steinen
Betend wirst du durchwachen die Nacht.
Schlage, schlage
Deine heißen Brüste dir wund,
Ruft dich aus blühendem Hage
Lockende Flöte, der Sünde Mund.

Deine flutenden Haare
Drin die fiebernde Gier gewühlt,
Raufe sie, bis der Morgen
Deine brennende Schläfe kühlt.

Weine, weine,
Steigt der Tag aus des Ostens Tor,
Sieger im Flammenscheine,
Über deiner Buße empor.

Deine Buhlen wandern,
Gold in der Hand, mit bekränztem Haupt,
An dir vorbei zu andern.
Von ihren schleppenden Mänteln bestaubt
Senke, senke,
Deine Stirne bei ihrem Spott.
Jenes Tages denke
Da sich deiner erbarmte ein Gott.

Deine müden Füße
Färbt deines Blutes Purpur, Kind.
Deiner Lippen Süße
Dörrt der brennende Wüstenwind.
Aber schon schreibt der ragenden
Palme wehender Wipfelschwung –
Schattenhand über flammendem Sand –
Ende und Ziel der klagenden,
Büßenden Wanderung.

Vor der Schakale Rotte
Bangt noch dein Herz, ein bebendes Wild,
Aber in blauender Berge Wand
Wartet die schirmende Grotte,
Wartet der Fels,
draus die Labung quillt!

Langsam und drohend steigt die Wolkenwand,
Die Luft ist schwül. Aus angstgepreßten Kehlen
Zwitschern die Schwalben. Heidefeuer schwelen
Wie Weihrauchbecken qualmend übers Land.
Ein Windstoß raschelt durch das Haferfeld
Und rüttelt an den weißen Birkenstämmen,
Von schwarzer Wetterwolken zackigen Kämmen
Posaunengleich des Sturmes Stimme schallt.
Und Antwort ruft das purpurdunkle Meer,
Mit ehrnen Stimmen singen die Geschwister,
Durch ihrer Orgel heilige Register
Spielt die Begleitung, grollend, tief und schwer,
Santa Cäcilia, die blonde Magd.

Auf grauer Wolken Schieferfelsen ragt
Hoch eine weiße Burg ins selige Blau.
Um ihre Türme Silbermöwen fliegen,
Um ihrer Fenster goldne Gitter biegen
Sich große Lilien, schwer von Duft und Tau.
Aufblitzend rauscht ein goldgesticktes Kleid
Durch weißer Säle helle Feierstille,
Das Haupt umflossen von des Blondhaars Fülle,
Naht stumm die Herrin dieser Einsamkeit
Santa Cäcilia.
Ihre Hände sind,
Die fürstlich schlanken mit den blauen Adern,
Viel weißer als der Brüstung Marmorquadern.
Gesenkten Hauptes horcht sie auf den Wind,
Der traumhaft durch die goldnen Harfen rauscht,
Die blitzend in den Bogenfenstern hängen.

Es klingt wie Widerhall von Festgesängen,
Ihr Blick wird blau und leuchtend, wie sie lauscht,
Und wandert götterruhig durch das Licht.

Von drunten klingt empor zu ihren Sälen
Der Lebensschrei aus Liebe, Haß und Quälen,
Der sich am Fels wie ferne Brandung bricht.
Zu ihrer hohen Silberorgel geht
Die Heilige lächelnd, – ihre Finger streifen
Die schwarzen Tasten. Durch die Orgelpfeifen
Ein Säuseln wie von Taubenschwingen geht.
Das wächst und schwillt und jubelt auf und grollt.

Vom Schlaf gestörte Feuerschlangen recken
Sich züngelnd auf in ihren Felsverstecken
Und schießen leuchtend nieder.
Weiter rollt
Die Fuge, die die weiße Burg durchklingt.
Im Sturmwind Santa Cäcilias Haare wehen,
Und auf und ab die weißen Finger gehen,

Und ihre ewig junge Stimme singt.

YS

Also spricht der Mund der grauen Sage,
Die im Nebel die Bretagne durchwandert
Und am Herd der Fischerhütten rastet:

Herrlich stand dereinst am Meeresstrande,
Prangend in der Pracht der Silbertore,
Ys, die stolze Herrin der Bretagne,
Ys, die üppige und wunderschöne.
Über Ys, auf einem steilen Felsen,
Hob sich stolz wie eine Götterfeste
Zinnenreich und streng die Königsburg.

Sieben Töchterlein besaß der König,
Sieben schöne Edelsteine trug er
In der Krone auf dem weißen Scheitel.
Sechs der Steine helle Goldtopasen,
Doch der siebente, der allerschönste,
War ein blutrot funkelnder Rubin.

Sprach der greise König zu den Kindern:
„Überall im Schlosse dürft ihr spielen,
Nimmer aber öffnet jene Pforte
Weinbewachsen in der Gartenwand!"
Und sie tanzten in den kühlen Sälen,
Auf dem Hofe flogen ihre Bälle,
Blumenkränze flochten sie im Garten,
Jene Pforte hatten sie vergessen.

Manchmal hielten inne sie im Spielen,
Wenn des Lebens volle Chorgesänge
Lauter schollen aus der Stadt von Ys.

In dem Schatten der Kastanienbäume
Sahn sie nieder in der Mittagsschwüle,
Immer schwerer wurden ihre Lider,
Und sie sanken hin in tiefem Schlaf.

Nur die Jüngste war noch wach geblieben,
Mit dem Fuße durch den hohen Rasen
Trieb sie leise singend ihren Ball.
Sieh, da sah sie in der Gartenmauer
Halb geöffnet jene alte Pforte,
Und ihr Ball glitt rollend durch den Spalt.
Ihre schweren Samtgewande raffend
Schritt ihm nach die junge Königstochter,
Und sie kam in einen stillen Hof.

Große blühende Holunderbüsche
Neigten ihre weißen Blütendolden
Tief auf einen alten Sandsteinbrunnen,
Den ein runder Marmelstein verschloß.
Und die Königstochter suchte lange
In dem Grase, drin die Grillen sangen,
Nach dem goldnen Ball und fand ihn nimmer.

Da auf einmal sprach es in dem Brunnen
Mit der Stimme eines blonden Knaben:
„Königstochter jüngste, mach mir auf!"
Wie gelähmt von süßem Grausen stand sie.
Und die Stimme sprach zum andern Male,
Lauter flehend, daß ihr Herz erbebte.
Und zum dritten Male sprach's im Brunnen,
Herrisch und befehlend: „Mach mir auf!"

Von dem Blut der weißen Mädchenhände
Hellgerötet war die Marmorplatte,
Die sie seufzend von dem Brunnen wälzte.
Sieh, da stieg es aus der dunklen Tiefe
Hell und kühl wie eine weiße Garbe,
Wie zwei Arme griff es nach der Zarten,
Die in Todesangst und Wollust bebte
Und die Augen schloß bei seinem Nahn.

Auf vom Schlafe schraken die Geschwister,
Denn ein Brausen klang wie Adlerschwingen.
Aus der Pforte in der Gartenmauer
Kam ein Wildbach rauschend hergeschossen,
Ihren Todesschrei begrub sein Nahn.
Hoch sich wölbend stürzte er vom Felsen
Wie ein Meer, das nach dem Meer verlangte,
Und am Strande schwellend stieg die Flut.

Und die beiden Riesenwellen rasten
Ungestüm und brausend sich entgegen,
Sprühend, donnernd schlugen sie zusammen.
Unter ihrem weißen Schaum begruben
Sie die stolze Herrin der Bretagne,
Ys, die üppige und wunderschöne.

ELFKÖNIG

Nun ist es um meine Jugend geschehn, –
König von Elfland, ich hab dich gesehn!

Johannisabend im Vollmondschein,
Neunerlei Kräuter sucht ich am Rain,
Da hörte den rauschenden Bach ich sagen:
„Heut hab ich Elfkönigs Braut getragen",
Sprach der Wind: „Auf milchweißem Roß
Reitet er heut in ihr Mondscheinschloß!"

Und um Mitternacht, da rauschte das Laub,
Da flog auf den Wegen silberner Staub,
Da sprangen die Rosen auf am Dorn,
Da neigte sich tief das junge Korn,
Da kam es auf schneeweißen Rößlein geritten,
Da kam es auf silbernem Mondstrahl geschritten,
Aus den Erlen am Bach und von den Höhn
Klang ihrer silbernen Hörner Getön.

Ihr silberner Hornruf, der sang und klang,
Mein armes Herz vor Sehnsucht zersprang,
Meine zitternden Knie, kaum trugen sie mich –
König von Elfland, da sah ich dich!

Deine Krone gleißte demantenklar,
Im Nachtwind wehte dein blondes Haar,
Deinen Scheitel kränzten die blassen Rosen,
Ich sah deine Augen, die seelenlosen.
Fern, fern über dem Buchenwald
Ist der letzte Hornruf verhallt. – –

Nun gehe ich wie im Traum einher,
Die goldene Sonne, ich mag sie nicht mehr.
Sonne und Tag mir nimmer frommt,
Ich warte bis still der Abend kommt,
Und wenn der Mond in die Kammer scheint,
Deiner Augen denk ich, die nie geweint.

König von Elfland, nun bist du weit,
Nun hast du die blonde Braut gefreit.
Wohl ist sie schön wie das helle Licht, –
Ihre Seele ist doch unsterblich nicht!

König von Elfland, ach kämst du geritten,
Auf meinen Knien wollt ich dich bitten:
Meinen jungen Leib, ich will ihn dir geben,
Mein rotes Blut und mein warmes Leben,
Mein Mädchenlachen, mein Menschenleid,
Meiner Seele ewige Seligkeit!

König von Elfland, bei deiner Braut
Hörst du im Sturm meiner Stimme Laut,
Mit bitteren Tränen rufe ich dich:

König von Elfland, hörst du mich?

SCHÖNE AGNETE

Als Herrn Ulrichs Wittib in der Kirche gekniet,
Da klang vom Kirchhof herüber ein Lied.
Die Orgel droben hörte auf zu gehn,
Die Priester und die Knaben, alle blieben stehn,
Es horchte die Gemeinde, Greis, Kind und Braut,
Die Stimme draußen sang wie die Nachtigall so laut:

„Liebste Mutter in der Kirche, wo des Mesners Glöcklein klingt,
Liebe Mutter, hör wie draußen deine Tochter singt.
Denn ich kann ja nicht zu dir in die Kirche hinein,
Denn ich kann ja nicht mehr knieen vor Mariens Schrein,
Denn ich hab ja verloren die ewige Seligkeit,
Denn ich hab ja den schlammschwarzen Wassermann gefreit.

Meine Kinder spielen mit den Fischen im See,
Meine Kinder haben Flossen zwischen Finger und Zeh,
Keine Sonne trocknet ihrer Perlenkleidchen Saum,
Meiner Kinder Augen schließt nicht Tod noch Traum – –

Liebste Mutter, ach ich bitte dich,
Liebste Mutter, ach ich bitte dich flehentlich,
Wolle beten mit deinem Ingesind
Für meine grünhaarigen Nixenkind,
Wolle beten zu den Heiligen und zu Unsrer Lieben Frau
Vor jeder Kirche und vor jedem Kreuz in Feld und Au!
Liebste Mutter, ach ich bitte dich sehr,
Alle sieben Jahre einmal darf ich Arme nur hierher.

Sage du dem Priester nun
Er soll weit auf die Kirchentüre tun,

Daß ich sehen kann der Kerzen Glanz,
Daß ich sehen kann die güldene Monstranz,
Daß ich sagen kann meinen Kinderlein
Wie so sonnengolden strahlt des Kelches Schein!"

Die Stimme schwieg.
Da hub die Orgel an,
Da ward die Türe weit aufgetan, –
Und das ganze heilige Hochamt lang
Ein weißes weißes Wasser vor der Kirchentüre sprang.

LEGENDE

Herr Jesus ging durchs deutsche Land,
Sankt Oswald an dem Feldrain stand.

Am Berg die Sonne ging zu Rüst,
Sankt Oswald sprach: „Ich grüß dich, Christ!

Lang stand ich hier und harrte dein,
Im Morgentau und Mittagsschein.

Ein Wetter kam, ein Wetter ging.
Der Halm stand auf der weinend hing.

Zum Bau die wilde Biene zog
Und Storch und Schwalb zu Neste flog.

Die Hagerosen schlossen sich,
Da sah ich fern am Walde dich, –

Herr, hör mich, eh du weiter ziehst:
Dies Land ist mein, so weit du siehst.

Und dies mein Erb und Königreich
Leg ich in deine Hände bleich,

Und leg dazu noch diesen Ring
Den Treu von Liebe einst empfing.

Es sei mein Land und meine Braut
Mit diesem Reif dir angetraut.

Ein König, Christe, harrte hier.
Ein armer Pilgrim geht von dir!"

Sankt Oswald sprach es, abgewandt,
Ins reife Korn griff seine Hand.

Im Abendwind das Ährenmeer
Rauschte und wehte ringsumher.

Sprach Jesus: „Was du griffst in Leid,
Sei dein für alle Ewigkeit!

Mäht je an goldnem Erntetag
Singend die Sichel, Schlag um Schlag,

Dann soll die Garbe an dem Rain,
Sankt Oswalds Korn, ihr heilig sein!"

In der dunkelnden Halle saßen sie,
Sie saßen geschart um die Flammen,
Hagen Tronje zur Linken, sein Schwert auf dem Knie,
Die Könige saßen zusammen.

Schön Kriemhild kauerte nah der Glut
Von ihren schmalen Händen
Zuckte der Schein wie Gold und Blut
Und sprang hinauf an den Wänden.

König Gunter sprach: „Mein Herz geht schwer,
Hör ich den Ostwind klagen!
Spielmann, lang deine Fiedel her,
Sing uns von frohen Tagen!"

Aufflog ein jubelnder Bogenstrich
Und flatterte an den Balken,
Herr Volker sang: „Einst zähmte ich
Einen edelen Falken ..."

Die blonde Kriemhild blickte auf
Und sprach mit Tränen und leise:
„Spielmann, hör mit dem Liede auf,
Sing eine andre Weise!"

Die braune Fiedel raunte alsbald
Träumend und ganz versonnen,
Herr Volker sang: „Im Odenwald
Da fließt ein kühler Bronnen ..."

Die blonde Kriemhild wandte sich
Und sprach mit Tränen und bange:

„Mein Herz schlägt laut und fürchtet sich
Und bebt bei deinem Sange . . ."

Anhub die Fiedel zum drittenmal
Aufweinend in Gram und Leide,
Herrn Volkers Stimme sang im Saal,
Wie ein Vogel auf nächtiger Heide:

„Es glimmt empor aus ewiger Nacht
Heißer als alle Feuersglut,
Gelb wie das Aug der Zwergenbrut,
Das gierig seinen Glanz bewacht, –
O weh der Lust, die mich gezeugt!

Wie Brunft nach Brunft im Forste schreit,
Wie nach der Lohe lechzt die Glut,
So treibt die Gier nach Menschenblut
Ans Licht den Hort der Dunkelheit, –
O weh dem Schoß, der mich gebar!

Es ruft den Neid, es weckt den Mord,
Stört auf die Drachen Trug und List,
Hetzt Rachsucht, die die Rache frißt,
Und immer röter glüht der Hort, –
O weh der Brust, die mich gesäugt!

Es treibt und schwimmt im Purpurquell,
Es trinkt den Quell und lechzt nach mehr,
Es braust und schäumt, die Flut steigt schnell,
Breit wie die Donau strömt es her, –
O weh der Lieb, die lieb mir war!

Es schäumt und braust, atmet und steigt,
Schon brandet's draußen an die Tür,
Es klopft und pocht, der Riegel weicht,
Nun flutet's heiß und rot herfür, –
Weh über mich, weh über euch!"

Jäh bei dem letzten Bogenstrich
Sprangen die Saiten und schrieen,
Hagen von Tronje neigte sich
Und wiegte sein Schwert auf den Knieen.

Die Könige saßen bleich und verstört,
Doch die schöne Kriemhild lachte,
Sie sprach: „Nie hab ich ein Lied gehört,
Das mich lustiger machte!"

Sie kniete nieder und schürte die Glut.
Von ihren schmalen Händen
Zuckte der Schein wie Gold und Blut
Und sprang hinauf an den Wänden.

DIE GRÄFIN VON GLEICHEN

Die Gräfin Madei stand hoch oben im Turm.
Wie Segel brausten die bunten Fahnen im Sturm.

Wie Vogelschwingen wehte ihr Schleier im Wind –
Die Gräfin spähte hinab von Tränen blind.

Weit unten im Tal wie ein gleißender Lindwurm zog's,
Wie Mönchsgesang im hallenden Winde flog's.

Blinkend im Märzlicht sah sie des Kreuzheers Zeichen.
Noch einmal im Sattel hob sich der Graf von Gleichen.

Und gell und schrill, wie ein sinkender Vogel ruft,
Seinen Namen schrie sie noch einmal in die Luft,

Dann schritt sie tastend die enge Stiege hinab.
Das Zimmer unten war dunkel und still wie das Grab,

Schwelend verglühten die Scheite im Kamin.
Vor dem Bilde der Jungfrau lag Gräfin Madei auf den Knien.

Die Monde gehen, die Jahre gehen vorbei,
Singend dreht ihren Wocken die Gräfin Madei.

Und jeden einzigen Tag, den Gott werden läßt,
Stehn Burg und Hof und Saal geschmückt wie zum Fest.

Und jeden Tag, wenn die Sonne zur Rüste geht,
Die Gräfin mit ihren Kindern am Burgtor steht,

Und immer bei des Aveläutens Klang
Suchend sieht sie nach Süden, den Weg entlang.

Und Jahr um Jahr, vom Turm der grauen Gleichen,
Flammt durch die Nacht wegweisender Fackeln Zeichen.

Die Burg von Gleichen steht geschmückt wie zum Fest.
Durch die bekränzte Pforte schreitet die Pest.

Mit hartem Klang der Klöppel der Glocke schlug
Als Gräfin Madei ihre Kinder zu Grabe trug.

Da sprach der von Wachenburg, der bei ihr stand:
„Frau, was tragt Ihr im Leid kein Trauergewand?"

Sie sagte: „Sack und Asche will ich tragen,
Wenn die Glocken von Gleichen um ihren Herren klagen.

Verdorren mögen Blätter und junges Geäst,
Wenn Gott den Stamm im Wetter stehen läßt!"

Am Sankt Johannistag, bei der Feuer Flammen
Kamen die Magen der Gräfin Madei zusammen

Und sprachen: „Base, Dein Feld und Forst verkommt,
Es gibt kein Gut, dem die Herrschaft der Kunkel frommt.

Viel edle Herren gehen im Thüringer Land –
Einen neuen Ring streife auf Deine Hand!

Siebenmal ist im Tal das Korn geschnitten
Seit Lutz von Gleichen zum Heiligen Grabe geritten.

Mit Artois und MacDonald vor Joppe ritt er zum Strauß.
Artois und MacDonald kehrten nimmer nach Haus.

Und keine Heidenschlacht in Sarons Gefild
Sah mehr den schreitenden Pardel im blauen Schild.

Der Graf von Gleichen ist tot und Du bist frei!" –
Aufstand langsam und zornig die Gräfin Madei.

„Wäre er tot – ich schrie's in die Welt hinaus!
Nie klang ein Zeichen von seinem Tod durchs Haus.

Die Doggen heulten nicht winselnd vor meiner Schwelle.
Die Särge dröhnten nicht hallend in der Kapelle,

Sein steifer Hengst frißt Hafer aus meiner Hand,
Meine Bienen summen und tragen und kehren zum Stand,

Tag für Tag singt mein Herz den gleichen Reim: –
Ludwig von Gleichen lebt und er kehrt heim!"

Sieben Jahre gehen und wieder sieben.
Arme Gräfin Madei, – wo ist deine Schönheit geblieben?

Am Ostermorgen in ihrer Gäste Ring
Die Gräfin Madei ins Dorf zur Messe ging.

Da kam ein Wandrer, müde und sonnverbrannt,
Der hielt eines Rößleins Halfter in der Hand,

Das ritt eine Frau in fremder Tracht – und sie
War wegmüde und schön wie die Gottesmutter Marie.

Als die Gräfin den braunen Mann gesehn
Im Staub des Weges blieb sie vor ihm stehn.

Er aber sprach: „Gelobt sei dieser Tag!
Nun kehr ich heim, der in Ketten und Banden lag,

Nach zwanzig Jahren wieder durchschreit ich dies Tor!"
Da trat der von Wachenburg, der Greis, davor.

„Willkommen sollst Du sein in Deinem Haus,
Ludwig Gleichen – doch treib die Kebse hinaus!"

Da sprach der Graf von Gleichen: „Ohm, fürwahr,
Vor meinem Schwerte schirmt Euch das weiße Haar.

Eines Königs Tochter war sie in ihrem Land,
Ein Sklave ich – und sie brachte mir Speis und Gewand.

Sie brachte die Feile, die meine Ketten durchfeilt,
Sie hat mit dem Flüchtling Hunger und Not geteilt.

Der heilige Vater, der Papst Urban in Rom,
Hat sie mir angetraut in Sankt Peters Dom."

Aber murrend standen und finster die Vettern umher,
„Was weiß der Römer von unseres Hauses Ehr?"

Da sprach die Gräfin Madei: „Ohm Wachenburg,
Zur Seite weicht und laßt meinen Herrn in die Burg!

Du immer Geliebter, mein Herz schlägt froh und laut,
Wie unter dem Gürtel schlug das Herz der Braut.

Meine Schönheit verging, wie der Duft des Klees verfliegt,
Meine Brust ist verwelkt, mein Leib wie ein Brunnen versiegt,

In steinernem Sarge schläft, was ich Dir gebar.
Gram kämmte mit eisernem Kamm mein Haar, mein blondes Haar, –

Gesegnet sei die Fremde, die Dich mir gab,
Aus dem Sattel hebe ich selber sie herab.

Du sollst sie haben und halten nach unserem Recht,
Aus ihrem Schoße zeuge ein neu Geschlecht,

Daß wieder im Land, wenn des Todes Speer Dich schlägt,
Einer wandert, der Deinen Namen trägt.

Ihr Vettern, ich bitte Euch, gebt Ihr ihm einst das Geleit,
Einen leeren Sarg stellt seinem Sarg zur Seit,

Und lehnt die Tür der Kapelle leise an,
Daß ich zu meinem Herren gehen kann,

An seiner Seite mich wieder betten mag,
In seinen Armen erstehen am Jüngsten Tag." –

Laut schmetternd grüßte des Wächters Horn vom Turm,
Wie Segel brausten die blauen Banner im Sturm.

Stumm standen die Herren und stumm die Fremde stand.
Der Graf von Gleichen hielt überm Auge die Hand.

Weit drunten im Tal aus schwelendem Weihrauchsqualm
Flogen weiße Schleier und summte ein Osterpsalm.

Blinkend im Märzlicht winkte des Kreuzes Zeichen –
Wandernd im Staub schritt ihm nach die Gräfin von Gleichen.

DIE STAUFEN

Ihr Staufen wart das Königshaus,
Wie es träumten die deutschen Herzen,
Nie loschen in deutschen Landen aus
Eure Totenkerzen.

Noch spricht die deutsche Mutter dem Kind
Von Rotbart, dem schlafenden Kaiser,
Noch kreisen im kalten Novemberwind
Seine Raben am Kyffhäuser.

Die Staufensehnsucht nach welschem Land
Liegt mächtig im Blut uns allen,
Wir müssen im Traum noch wie gebannt
Über die Alpen wallen.

Es ziehn mit uns, ihr Gewaffen blinkt,
Die Waiblingen Treue geschworen,
Der alte Schlachtruf der Staufen klingt
Vor Romas ewigen Toren.

Es reitet im Sarazenentroß
Kaiser Friedrich zu frohem Jagen.
Von König Manfreds apulischem Schloß
Klingt es wie Lautenschlagen,

Und strahlendes Glück und Sonnenschein
Liegt auf goldenen Staufenhaaren,
Sie sagen in Welschland, sie singen am Rhein,
Wie hold jene Tage waren.

Und wieder klingt es wie deutsches Lied
Aus reisigem Kriegeshaufe,

Und wieder über die Alpen zieht
Zum letztenmal ein Staufe.

König Konradin mit dem Kindermund
Und den langen Seidenlocken, –
Wo du rittest, da klang's im Grund
Verhallend wie Sterbeglocken.

Und wo an des Südmeers blauer Flut
Auf Napels Pflaster geflossen
Unterm Henkerschwert das Königsblut
Des letzten Staufensprossen,

Da sind noch heute die Fliesen feucht
Von der deutschen Sehnsucht Weinen.
Nie trocknet der Südlandsonne Geleucht
Die Tränen von jenen Steinen.

1

König Manfred ritt zur Falkenjagd
Durch Tranis graues Tor,
Seine Pagen sprengten lachend,
Laut singend dem Zuge vor.

Sechs blonde Reichsbarone
Ritten zur rechten Hand,
Sechs Sarazenen zur Linken,
Sehnig und sonnverbrannt.

Die Locken flogen im Winde,
Der Mantel flog dem Stauf,
Laut kreischend stieg sein Falke
Zur Morgensonne auf,

König Manfreds blaue Augen
Grüßten die Sonnenflut:
„Licht, was bist du mir lieblich zu sehn,
Leben, was bin ich dir gut!"

2

Als er trat aus dem finstern Schloß
Auf des Hofes heißen Sand,
Neben König Manfreds geschmücktem Roß
Die Sarazenin stand.

Sie sah den König und sank in die Knie
Mit stammelndem Segensgruß.
Seinen weißen Mantel haschte sie
Und es streifte ihr scheuer Kuß

Das goldene Schwert und der Rüstung Stahl
Und den Ring an des Königs Hand.
„Staufe, so küßtest du mich einmal
In dem Turm am Strand!

Ich ging so weit, o nimm mich mit,
Du mit dem lachenden Mund!
Ich will dir folgen auf deinem Ritt
Über den steinigen Grund!"

König Manfreds Stirne war rot vor Zorn.
„Törichte, weiche von mir!
Über Berg und Schlucht, durch den wilden Dorn,
Wie der Wind trägt mich mein Tier!"

„Und trägt dich dein Renner wie der Wind, –
Liebe hat Schwingen wie er,
Es läuft der Wüste braunes Kind
Wie der Gepard neben dir her!"

König Manfred sprach, seine Stirn war blaß:
„Weißt du, wohin es geht?
Der Anjou wartet in Groll und Haß,
Und mein Tod ist's, der neben ihm steht!"

„So lange dich meine Augen sehn,
So lang scheint die Sonne mir, –
Und mußt du heute zum Sterben gehn,
König Manfred, ich sterbe mit dir!"

Er neigte sich tief, er hob sie empor,
In den Sattel zu sich hinauf.
Ihre Stimme sang an seinem Ohr:
„Nun küß mich noch einmal, Stauf!"

3

Mit eherner Stimme sang die Schlacht
Auf Beneventos Land.
Der Stern auf König Manfreds Helm
Blitzte im Sonnenbrand.

„Hie Stauf!" so scholl's in Sterbequal,
„Hie Stauf!" in Todesnot –
Das Sarazenenbanner hing schlapp,
Von tropfendem Blute rot.

Hoch stiegen des Feindes Fahnen empor
Über Manfreds sterbendem Heer.
Auf König Manfreds silbernem Helm
Blitzte der Stern nicht mehr.

Aus sieben klaffenden Wunden floß
Das stolze Staufenblut –
Doch sang er: „Licht, was bist du mir süß,
Leben, was war ich dir gut!"

GRISELDIS

Sie hing mit Kuß und mit Liebeswort
An seinem Nacken. Er stieß sie fort.

„Du Kind der Arbeit, das bei mir lag,
Ich wurde dir gram seit manchem Tag.

Meine Liebe verblich, wie ein Band verblaßt,
Deine Stimme ward meinem Herzen verhaßt,

Deine gelben Haare sind mir vergällt,
Fahl wie deines Vaters Roggenfeld.

Von Arbeit spricht deine braune Hand, –
Kehr heim auf den Acker, auf dem ich dich fand,

Vergiß, daß der König die Bauernmagd
Als Weib gehalten, – Gott sei es geklagt!

Bei Rechen und Spaten, Saat und Pflug
Vergiß, daß dein Schoß einen Herzog trug!"

Der König sprach es, Griseldis stund,
Ihre Hände zuckten, es zuckte ihr Mund.

Um des Bettes eichene Pfosten schlang
Ihre Rechte sich zitternd und todesbang.

Ihre Linke liebkoste die Lagerstatt
Und strich die schimmernden Laken glatt.

Sie sah nach dem König, – der wandte sich ab.
Da schritt sie stumm die Stufen hinab.

Die bunte Ampel schwankte im Zug,
Ins Schloß die geschnitzte Türe schlug.

Die Nacht war kalt und sternenklar,
Der Nordwind strich durch Griseldis' Haar.

Des schlafenden Wächters Hund am Tor
Fuhr leise knurrend an ihr empor

Und duckte sich, als er die Herrin erkannt,
Und leckte schmeichelnd die kalte Hand.

Der Dogge Augen glommen grün
Im Lichte, das durch die Fenster schien.

CHEVALIER ERRANT

Ich ritt durch die Wälder hin auf manchem verwachsenen
Pfad,
Wach lag ich im tauigen Gras, wenn die Nacht genaht,
Der Nachtwind kam und ging durch die Birken am Heide-
grab
Und mein Sehnen glitt mit dem Mond hinter fernen Hügeln
hinab.

Meine Arme streckte ich aus, dumpf klirrte der Rüstung
Stahl,
Wo liegst du hinter den Bergen, heiliger Gral?
Gelbhaarig ritt ich einst aus, ein Knabe, zum Waffenspiel, –
Grau ward mein Haar, zerstoßen mein Schild und ferne
mein Ziel.

Ein Abend kam wie kein andrer, schwül war die Luft,
Verwirrend unter den Buchen trieb es wie Rosenduft,
Ein junger Mond stand am Himmel, silbern und schmal,
Und aus brauendem Nebel röhrten die Hirsche im Tal.

Und ich wußte – nah war die Stunde. Unter dem Panzererz
Zuckte und bebte es wieder, wie einst des Pagen Herz,
Ein zaubergetroffener Mann, so ritt ich langsam dahin,
Und vergessene Minnelieder kamen in meinen Sinn.

Es steht eine Buche am Felshang nach Süden zu,
Da lag eine Hinde gebunden, die Hinde bist du!
Mein Schwert zerschnitt deine Bande, –
o Mondlicht, traurig und blau,
Ich ging den Gral zu suchen und fand eine nackte Frau.

Das ist die Mär vom Ritter Manuel,
Der auf des fremden Magiers Geheiß
Sein Haupt in eine Zauberschale bog.
Und als ers wieder aus dem Wasser zog
Da seufzte er und sprach: „Mein Haar ist weiß,
Gebrochen meine Kraft. O allzulange
Qualvolle Wanderschaft!" Die Höflingsschar,
Die ringsum stand, rief: „Dunkel ist dein Haar,
Frage den König!"
Staunend sprach und bange
Da der Verzauberte: „O Herr, die Zeit
Ist hold und spurlos dir vorbeigeglitten!
Als ich vor zwanzig Jahren fortgeritten
Warst du wie heut. An dem gestickten Kleid
Trugst du den Gürtel mit den Pantherschließen
Und an der Hand den gleichen Amethyst."
„Erzähle", sprach der Fürst und sprachs voll List,
„Was dir begegnet, seit wir uns verließen!"

Der Arme sann, und seine Augen waren
Wie Kinderaugen, noch vom Traum befangen.
„König, ich bin so weit von Euch gegangen,
So vieles sah ich! Und in späten Jahren,
An dunklen Wintertagen und in schwülen
Hochsommernächten will ich dir erzählen
Von allem. Und vor deinen stillen Sälen
Soll meines bunten Lebens Brandung spülen.
Nur jetzt noch laßt mich schweigen.
Denn ein Gram

Durchrüttelt mich, den nie ein Mensch gekannt.
Sieh, ich verließ mein Weib in jenem Land
Und weiß es nicht mehr, welchen Weg ich kam,
Und weiß den Namen jenes Landes nicht,
Wo sie im Fenster kauernd, kinderschmal,
Aus dem Kastell hinabspäht in das Tal,
Bis jäh die Felsen glühn im Abendlicht
Und jäh erbleichen.
Durch das samtne Dunkel
Der Nacht strahlt freundlich einer Ampel Schein,
Um Führer meiner Wanderschaft zu sein,
Und purpurn glänzt wie ein Rubingefunkel
In ihrem Licht des Bergstroms dunkle Flut.
Sein Name nur? Sehr seltsam klang er, wie
Der Felsen Name, uralt auch wie sie.
Und jene Frau, die mir im Arm geruht, –
Weh, meine Liebe kann sie nicht mehr rufen,
Der süße Laut entglitt mir, wie im Tann
Dem Schlafenden entglitt der Talisman
Den sie mir umhing auf des Schlosses Stufen!" – –

Dann schrie er auf und hielt des Königs Knie
Wie ein um Hilfe Flehender umklammert.
Der sprach, – und er war bleich und ernst –: „Mich jam-
Der Qual des armen Narrn, die zu mir schrie. mert
Magier, tritt vor, zerbrich des Zaubers Bann!"
Der König wartete. Die Diener liefen
In allen Gängen hin und her und riefen,
Die Ritter sahn sich groß, verwundert an.

Denn keiner fand den Magier. Einge schwuren,
Sie hätten an dem Springbrunn ihn gesehn
Murmelnd die goldne Zauberschale drehn, –
Doch in dem Sande sah man keine Spuren.

Und wie die Stürme auf dem hohen Meer
Das längstverlaßne Wrack des Seglers jagen,
So trieb durch Jahre voller Sorg und Fragen
Erinnerungsqual den Grübelnden umher,
Bis ihn beim Jagen einst ein fremd Geschoß,
Vielleicht aus Mitleid, in die Schläfe traf.
Still wie ein Kind sank er ins Moos zum Schlaf
Und stammelte, eh er die Augen schloß:
„Tamara!" Und er starb.
Die Zeit verrann.

Doch einmal abends klang im Hof Geklirr
Von vielen Waffen und ein bunt Geschwirr
Landfremder Sprachen. Und ein brauner Mann,
Sehr alt und fürstlich, dessen welke Hand
Auf seidnem Kissen trug der Herrschaft Zeichen,
Trat vor den König wie vor seinesgleichen
Und rief: „Wo ist, nach dem wir ausgesandt,
Mein König Manuel, Tamaras Gatte,
Den sie in ihrem Felsenschloß beweint?
Westwärts ging ich, soweit die Sonne scheint,
Bis ich zu deinem Reich gefunden hatte.

Hier, sprach der sternenkundige Magier, werde
Ich meinen Herren finden. – Weise mich
Daß ich ihn krönen kann!"
Da neigte sich
Der König still, griff eine Handvoll Erde
Aus einer Schale, drin die Rosen blühten,
Und wies sie stumm dem Suchenden.
Der stand
Ganz lange still. Dann schlug er sein Gewand
Weit um den Kronreif, dessen Steine sprühten,
So schritt er aus dem Saal.
Ein Klaggesang
Kam langgezogen, trostlos durch die Nacht.
Dann ein Geklirr und Hufgetrappel, sacht
Und langsam, – bis auch das im Sturm verklang.

In jener Nacht, bei seiner Kerzen Qualmen
Saß lang der König auf. Sein Page schlief
Und schrak empor, denn eine Stimme rief:
„Sieh, keine Antwort find ich in den Psalmen
Erbarmer aller Welt, sprich, was ist Schein?" – –
Und lange vor dem Kruzifixe stand
Der König starr, mit ausgestreckter Hand.

So sagt der Page. Doch er ist noch klein,
Furchtsam, und hat den Kopf voll Märchenflausen –

DAS SCHWERT

Herr Hans vom Bühle zu seinem Bruder sprach:
„Ich grüßte mit Freuden das Frührot an diesem Tag.

Als du lachend in meine Halle kamst
Und die grauverstaubte Harfe vom Nagel nahmst,
Sprach ich: Wach auf, mein Herz, das lange erstarrt,
Das schwer und hart in stillen Jahren ward,
Die Tage kehren zurück der Pagenzeit,
Steig auf wie ein Falke, mein Herz, – du jagst zu zweit!
In Forst und Feld, in Stall und Hof und Schloß,
Dein blonder Bruder ist wieder dein Weggenoß.

Einen lachenden Sommermorgen lang
War froh mein Herz wie dein froher Jagdgesang.

Der Tag ging hin – die Dämmerung fliegt ums Haus,
In meiner Brust losch alle Freude aus.

Wirf fort die Harfe, vielliebster Bruder mein,
Deinen Braunen sattle und reit in die Nacht hinein,
Reite so weit, als die blanken Sterne sind,
Reite so weit, daß ich dich nimmer find!

Als ich dir heute grüßend entgegenging,
Zuckte der Dolch, der mir im Gürtel hing.

Als deine Hand das Spinnweb vom Köcher gestäubt,
Hat sich der Pfeile weißes Gefieder gesträubt.

Und als du jetzt sangst an meiner Halle Herd
Da hab ich es dumpf über deinem Singen gehört:

Mein Schwert an der Wand, das gab wohl nimmer Ruh,
Ein Totenwurm, so pochte es immerzu.

Wird nun zur Nacht verstummen dein Singemund,
Dann höre ich nur das eine zur Mitternachtsstund,
In der lastenden Stille, vor der meinem Herzen bangt:
Wie der dürstende Stahl nach deinem Blute verlangt!

Vielliebster Bruder, geh singend aus meinem Haus
Und reite singend aus meinem Tor hinaus,
Daß noch deiner Lieder Klang im Ohr mir liegt,
Wenn endlich das Schwert sich schaukelnd zur Ruhe gewiegt."

So halberwacht, trostlos und ohne Frieden,
Wandernd in fahlem Dämmergrauen, fand
Ich zu dem Strom der Qual. An seinem Rand
Irrt ruhelos die Schar der Sataniden.
Zurückgeworfnen Haupts, mit wirrem Haar,
Gekrampften Händen, zogen sie vorbei,
In eingesunknen Augen, irr und starr,
Glomm nie gelöschter Lüste Raserei.
Um die erschlafften, üppigen und weichen,
Lechzenden Lippen lag des Ekels Zug,
Gleichförmig, schrecklich, wie ein göttliches Zeichen.

Als ihre Unrast sie vorübertrug
Stieg eines Weibes Haupt aus ihrem Wogen
Leuchtend empor. Um schwarze Flechten war
Delphischen Lorbeers dunkles Grün gebogen
Und wie von Tränen troff das schwere Haar.

Abseits vom Schwarm der Andern trieben Zwei
In ewigem Umklammern dort vorbei,
Ein Fürst und Feldherr wars, in Hast begraben,
Gehüllt in ein verschlißnes Fahnentuch,
– Von seinem Nacken funkelte das Vließ, –
Ganz überströmt vom Blute eines Knaben,
Den er im Tod nicht aus den Armen ließ.

Murrend in Liebe, List und dumpfem Hasse
Zog dort der Borgia wildes Haus dahin,
Geschart um der Lukrezia perlenblasse
Fahlblonde Schönheit, wie die dunkle Traube
Schwärmender Bienen um die Königin, –

Und viele Andre kamen, die schon lang
Hier droben kreisen im verwehten Staube, –
Und einer drunter, den auch ich beweine, –
Ich wollte ihn rufen und ich suchte bang
Nach Worten des Gebets, – und fand doch keine, –
– – – – – – – – – –

Gepackt von Grauen vor dem wirren Schwarm
Der schwankenden Schemen, faßte ich den Stein
Des steilen Uferrands. Und fand ihn warm
Als träf ihn noch im Abgrund Tagesschein.
Und wie ich aufwärts klomm, fühlt ich beim Schreiten
Wie milden Blick es zu mir niedergleiten,
Und sah wie Fels am Felsen, hoch und grau,
Geneigten Haupts und reglos, eine Frau.

Nur wenn von drunten murrend es gehallt
Wie Fluch und Streit aus jagenden Nebelfluchten,
Wo es wie Donner dröhnte aus den Schluchten, –
Dann neigte still sich nieder die Gestalt.
Und unten hob sich wie ein stößiger Stier
Aus hundert Häuptern eins ins fahle Licht,
Finster und drohend. Doch er sah sie nicht.
Er trieb vorbei und blickte nicht nach ihr.

Sie aber sprach –
Und leise hallend sang's im Felsen nach:
„Von irdischem und himmlischem Gericht
Verworfen bist Du, Sohn. Doch nicht von mir.
Verzichtet hab ich auf die letzte Gnade,
Verstoßen Dir Verstoßnem nah zu sein!

Dein Name, ausgelöscht mit Deinem Blut,
Ruht nun in mir, verborgen wie Dein Leben
Unschuldig, stumm, in meinem Schoß geruht.
Ich such Dich mit den müden, tränenblinden
Augen und recke die Hand, sie Dir zu geben, –
Und einmal, Sohn, wirst Du den Blick erheben
Und Deine Mutter finden" – –

LIONARDO

Wie nun der blaue Mantel niedersinkt
Hebt sich, gekrönt von silberblonden Flechten,
Dein schlanker Hals, wie aus den Frühlingsnächten
Das Silberschild des jungen Mondes blinkt.
O neig den schönen Nacken mir entgegen, –
Nie neigte eine Blüte sich so hold!
Ich kann um ihn nicht Perlen und nicht Gold,
Nichts als die Schnur verliebter Reime legen.

So schön ist dieser Hals der mich betörte,
So süß ist seiner Linien Harmonie
Wie eines Meisters schönste Melodie,
Die streng und hold, noch jeden der sie hörte,
Wie junger Wein berauschte und bezwang.
Und dieser Hals, den meine Lippe streifte,
Ist wie die Frucht, die in der Sonne reifte,
Glühend von Leben.
O laß stundenlang
Tief schweigend und den Stift in stiller Hand
Mich seiner Schönheit freuen und erstaunen
Weil Gott, der Künstler, so voll müßiger Launen
Daß er auf Erden keine Bessere fand
Für dieses Halses wundervolle Gnade.

So sprach die blonde Margaret,
Die lustigste der Valois:
„Ich hab im wilden Wind verweht
Den letzten Hifthornruf erlauscht.
Des Herbstes Lust zu Ende geht,
Das nasse Lilienbanner bauscht
Sich rauschend wie ein Fraungewand
Und fliegt und flappt und mahnt mich laut:
Vergiß im Trubel der Courante
Der grauen Tage, Fürstenbraut!

Herbei, ihr Damen und ihr Herrn,
Euch ruft zum Tanz die Valois,
Es tanzt der ganze Hofstaat gern,
Liebt seine Fürstin Fiedelschall,
Und froher blitzen Ordensstern
Und Ohrgehäng auf frohem Ball.
Schließt an den weißen Seidenschuhn
Die goldnen Spangen mit Bedacht,
Sie durften sieben Monde ruhn,
Doch heut durchtanzen wir die Nacht.

Heut will ich tanzen, wie noch nie
Getanzt hat eine Valois,
Und schilt Marie von Medici,
Sag ich: Das ist Franzosenart,
Noch niemals sah man müde sie
Im wilden Taumel der Gaillarde.
Und niemals noch die Braut man fand,
Die müd das heiße Köpfchen bog,

Wenn ihres Liebsten feste Hand
Sie wieder in den Reigen zog.

Mein Tänzer ist der schönste Mann,
Der je gefreit um Valois,
Führ ich mit ihm heut die Pavanne,
Gleich flüstert Dam und Kavalier:
Ist niemand, der sich messen kann
Dem Herzog von Navarra hier!
Ich hab wie du so seidnes Haar,
Bin rank und schlank, wie du es bist,
Im ganzen Frankreich gibts kein Paar,
Das schöner als wir beide ist!

Man sagt, im Karyatidensaal
Im Mondschein spukt ein Valois,
Im Leichenlaken, todesfahl,
Geht er dort um zur Mitternacht.
Der soll vergessen seine Qual
Und lachen, wie der Frohsinn lacht,
Wenn er uns heute tanzen sieht, –
Am Ende tanzt er selber mit.
Ein Spukgeist unsres Hauses zieht
Das Knochenbein im Ländlerschritt.

Nun Musikanten, fiedelt schnell!
Schon tritt zum Tanz die Valois,
Es ist der Saal von Kerzen hell
Und ist von Jugendblüte bunt,
Die Geigen jauchzen laut und grell,
Und fröhlich lacht ein jeder Mund.

Nun singt mit mir, dieweil ihr schwebt
Biegsam im Reihen, Brust an Brust:
Dies ist der Hof, da Freude lebt!
Denn Tanzen ist die höchste Lust
Der Königstochter Margaret,
Der lustigsten der Valois."

Die rostigen Angeln knarrten,
Der Büttel sprach: „Steh auf!
Steh auf, deine Richter warten,
Steige die Treppen hinauf."

Anna Bullens Kette klirrte
Rasselnd an ihrer Hand,
Ihr Blondhaar, das verwirrte,
Floß übers Büßergewand.

„Wer sind die Lords, als Richter
Vom König mir gesandt?"
„Es sind drei stolze Gesichter
Und sind dir wohlbekannt.

Der eine in braunen Haaren
Heißt Percy Northumberland."
„Ich trug in jungen Jahren
Seinen Brautring an der Hand."

„Graf Norfolk ist der zweite,
Der finstere Papist", –
„Von meiner Mutter Seite
Norfolk mir Oheim ist.

Er und Graf Percy bogen
Huldigend einst die Knie,
Ihr ritterlich Schwert gezogen:
Treu dir! gelobten sie.

Meineidige Schurken, ich weine
Nicht um euer falsches Wort, –

Sag, Büttel, nur das Eine:
Wer ist der dritte Lord?"

„In Sünde und Verderben
Lebte er sechzig Jahr,
Vom Blute seines Erben
Scharlachen sein Talar.

Seiner Stirne Runzeln alle
Sind eine Schrift der Schmach",
Sie traten in die Halle
Und Anna Bullen sprach:

„Nun sei Du mein Berater,
Führ meine Sache, Gott, –
Lord Wilford selbst, mein Vater,
Liefert mich aufs Schafott!"

MARIA STUART

1

Das war ein lustiges Leben
Im Königsschloß der Touraine,
Auf weißen Marmorstufen
Ein ewiges Kommen und Gehn.

Im Park bei den Platanen
Ging lachend die Dauphine,
Alle Vögel sangen lauter,
Wo die schöne Marie erschien.

Ihre jungen vier Marien
Gingen der Fürstin zur Seit,
Sie trugen die Purpurschleppe
An ihrem Sammetkleid.

Sie hatten so weiße Hände,
So schmale, die vier Marien,
Doch weißer waren und schmäler
Die Hände der Dauphine.

Es lachten die vier Marien
Hell in den Frühlingswind,
Heller lachte und süßer
Schottlands Königskind.

Die Lippen der vier Marien
Waren zum Küssen gut,
Der Stuart stolze Lippen
Brannten so rot wie Blut.

Die Büsche und die Bäume
Im Schloßpark der Touraine
Gedenken jener Tage,
Wenn die Frühlingswinde wehn.

Die Marmorfliesen sprechen,
Wenn die Wolken vorüberfliehn:
‚Hier wiegte sich einst im Tanze
Der schmale Fuß der Dauphine.‘

2

Lady Stuart, es geht in den bitteren Tod,
Mylady, was brennt euer Mund so rot?

„Wohl seh ich den schwarz verhangenen Saal,
Meine Stirn und Wangen sind weiß und fahl,

Doch mein Mund glüht rot, wie zu jener Zeit,
Da ich den schönen Bothwell gefreit.

Noch einmal an meines Lebens Rand
Wie von heimlichen Küssen bebt meine Hand.

Im Ohre liegt mir der Laute Schlag,
Die Rizzio spielte vor manchem Tag.

Ich weiß, daß der Herr meine Sünden vergibt,
Denn ich liebte, wie nur eine Stuart liebt!“

GRAF BOTHWELL

In einer weißen Kirche in Dänemark
Liegt Graf Bothwell in seinem grauen Sarg.

Er starb, ein Flüchtling, ein gefangener Mann,
Vergessener als einer in Acht und Bann.

Und einmal kamen Fremde dorthin gereist
Und fragten den Küster, der die Kirche weist

Nach der kleinen Kapelle und fragten, was sie barg.
Da führte der Alte sie still an den bleiernen Sarg.

Er lehnte den Deckel an die weiße Wand.
Da sahn sie den Riesigen im braunseidnen Gewand.

Über schmale Schläfen und verfallnes Gesicht
Floß rotes Haar und flammte im Frühlingslicht.

An der schönen Hand, die müde zur Seite hing,
Unter welken Spitzen funkelte Stein und Ring,

Und ein blondes, dänisches Mägdlein trat leise heran
Strich über die Hand und sagte:
„Du armer Mann!"

JUNGE MARY

König Charlie war meiner Ahne gut, –
In meinen Adern fließt Stuartblut.

Meine Lippen röter als Rosen sind,
Meine krausen Haare flattern im Wind.
Ich sehe hinaus auf das graue Meer –
Stuart, wann kommst du endlich her?
Wie weiße Möwen die Segel gehn,
Stuart, wann werd ich dein Segel sehn?

Zwanzig Sommer hab ich durchlacht,
Habe an Tanzen und Jagen gedacht,
Und wo ich ging, und wo ich stand,
Haben die Männer sich umgewandt.
Wein und Würfel lassen sie sein,
Tret ich lachend und stolz in die Halle ein.

Mein Schritt der tanzt, mein Schritt der klingt,
Mein Schritt von Jugend und Schönheit singt!
Mein Haar so licht, meine Haut so weiß,
Mein Herz so kalt und mein Blut so heiß.
Ich spielte mit diesem und küßte den,
Und lachte sie aus und hieß sie gehn!

Einmal im Herbst, ich war noch ein Kind,
Pfeifend fuhr der Novemberwind,
Kam mein Oheim von London zur Jagd,
Hat mir viel von London gesagt,
Von Spiel und Ball in des Königs Schloß,
Von Jakob Stuarts goldbraunem Roß,

Von seinen Augen, dunkelblau,
Schrecklich dem Feind und hold der Frau, –

Meine Hände habe ich da geballt,
Laut singend durchritt ich den Fichtenwald,
Ich dachte deiner schlanken Hand,
König du über Engelland,
König über mein heißes Herz,
Mit der weißen Stirn, mit der Stirn wie Erz.

Nun seh ich hinaus auf das graue Meer,
Stuart, wann kommst du endlich her?
In meinen Adern das Königsblut
Ruft nach dir in Sehnsucht und Glut.
Ich sah dich im Traum in der Sonnwendnacht,
Da hat mir dein finstrer Mund gelacht, –

Und sterb ich um dich, mags immer geschehn, –
Stuart, wann werd ich dein Segel sehn?

JANE

Sechs Schritt vom Fenster zum Kamin,
Drunten der Richtplatz von Tower Green.
Auf und ab, tausendmal
Maß den Weg Unrast und Qual.

Das Kerkerfenster ist blind und grau,
Die Wände sind tief, verwittert und rauh,
Sind rauh von Schrift. In Kreuz und Stein
Schrieb Jammer mit feurigen Fingern ein.

So bunt und schaurig ist kein Buch,
Worte, Verse, Gebet und Fluch,
Wappen, Kreuze und Schilderei.
Und unter allem der Liebe Schrei.

Lord Dudley schrieb's. Seine Seele fand
Ein Wort nur: Jane. Und Jane schrieb die Hand.
Schrieb's in den Stein. Eh zum Tode er ging,
Ins Glas noch schrieb er's mit seinem Ring.

Ein buntes Buch, Blut, Tränen und Leid.
Fern klingt's und verworren aus toter Zeit,
Doch laut und heiß durch der Jahre Gehn
Ruft seine Liebe: Jane, – ach, Jane! –

LADY GWEN

Der Sturmwind brauste im Kamin,
Die Hunde heulten laut am Tor.
Und Lady Gwen lag auf den Knien,
Bekreuzte sich und schrak empor.

Sie sprach: „Mir wars als ob es rief,
Als schritt es um mein Bett herum,
Und heute Nacht ist Hallow's Eve,
Und heute gehn die Toten um!"

Sie nahm den Leuchter in die Hand
Und an den Schrank trat sie heran.
Der Schatten bebte an der Wand,
Und in dem Schatten stand ein Mann.

Sie sprach: „Bist du von Fleisch und Blut?"
Und hob das Licht und sprach: „Fürwahr,
Ich seh es an dem steifen Hut,
Ich seh es am geschornen Haar,

Kein Spuk, – ein Puritaner nur! –
Und bist du Robert Landseers Knecht
So ist der Tod auf deiner Spur
Und deine Zuflucht wählst du schlecht!

Mein Vater hetzt den Herren dein
Wie einen Fuchs in Moor und Feld", –
– „Und seine Tochter wird es sein,
Die heute ihm die Jagd vergällt!

Lady, Sir Robert steht vor dir,
Der todwund in dies Zimmer wich,
Schon kläfft die Meute dort nach mir, –
Verdirb mich oder rette mich!"

Sie horchte zitternd in die Nacht,
Im Sturm klang Lärm und wüstes Schrein.
Sie sprach: „Sir Robert, nun gib acht,
Du batst, – und Hilfe soll dir sein."

Sie nahm ihn leise bei der Hand,
Vor ihrem Bette blieb sie stehn,
„Nun leg dich nahe an die Wand!"
Sie sprachs und hat ins Licht gesehn.

Und auf die Decke obenauf
Warf Fell und Pfühl sie, bunt und schwer,
Und als sie endlich stieg hinauf,
Da war sie bleich und bebte sehr.

Und als sie nach dem Psalter griff,
Da ward es laut in Flur und Gang,
Da klang es schrill von Ruf und Pfiff
Und dröhnend Tür auf Türe sprang.

Und in ihr Zimmer drang der Troß
Und Lauf und Schwerter blitzten grell,
Sie schrieen: „Landseer ist im Schloß,
Ist er bei dir, so sag es schnell!"

Sie sprach: „Seht bei den Mägden nach!
Der Kavalier hat sich verflucht,
Der in der Tochter Schlafgemach
Nach einem flüchtgen Schwarzrock sucht!"

Und ruhig rückte sie das Licht
Und wandte ruhig Blatt um Blatt,
Und ihre Hände sagten nicht
Wie sehr ihr Herz geschlagen hat.

Und leise stammelte ein Lord,
Ein junger Fant im lockgen Haar:
„Lady, verzeiht!" und schlich sich fort,
Und polternd folgte ihm die Schar.

Im Flur verhallte dumpf ihr Schritt.
Und als am Tor der Hufschlag klang
Von ihrem Bett die Lady glitt
Und von dem Bett Sir Robert sprang.

Die Schnur daran sein Mantel hing
Er riß sie ab und sagte laut:
„Ich habe Kette nicht noch Ring
Als Dank für meine süße Braut.

Du warst mein Heil, du bist mein Glück,
Trag diese Schnur und harre mein.
Heut übers Jahr komm ich zurück
Und mit dem Schwert will ich dich frein!"

– – – – – – – – – – –

Lord Charlie sprach beim Wein: „Es tut
Nicht gut an Hallow's Eve zu frein.
Doch mir paßt dieser Rasttag gut,
Und heut soll meine Hochzeit sein!

Nun Lady Gwen, tu Brautgewand
Und Kette, Kranz und Schleier um!"
Er griff der Lady kalte Hand:
„Wie bist du bleich, wie bist du stumm!"

Und als sie saßen bei dem Mahl
Still blieb die Braut und bebte nur.
Um ihren Nacken, schwarz und schmal
Hing statt der Perlen eine Schnur.

Und als sie schritt in ihr Gemach
An ihrer Tür kein Riegel war,
Und leise schritt ihr Bräutigam nach,
Lord Charlie mit dem lockigen Haar.

„Von deinem weißen Nacken laß
Mich lösen diese schwarze Schnur!"
Sie sah ihn an so todesblaß:
„Dies Band gilt mehr als Ring und Schwur!

Und sprach der Priester noch so laut
Den Segen über dich und mich,
Ich bin Sir Robert Landseers Braut
Und liebe ihn und hasse dich!"

„Du sprichst im Fieber, Lady Gwen,
Es kann kein Toter auferstehn.
Sir Robert fiel. – Wo hättest denn
Den Puritaner du gesehn?"

Am Bette lag sie auf den Knieen
Und sprach: „Heut Nacht wird es ein Jahr,
Mit meinen Kissen deckt ich ihn,
Der wie ein Wild umzingelt war!

Und als er damals von mir ging, –
Längst wart ihr schon davongesprengt, –
Hat er statt Kette und statt Ring
Des Mantels Schnur mir umgehängt."

„Süß ist dein Mund, der Torheit spricht,
Und kurz ist diese eine Nacht,
Und wunderschön ist dein Gesicht,
Komm, – morgen früh schon tobt die Schlacht!"

Sie rief: „Der mir zur Seite schlief
Er kommt zurück und steht mir bei,
Denn heute Nacht ist Hallow's Eve,
Und heute sind die Toten frei!"

Sie hob zur Wehr die weiße Hand
Und schrie in Angst, in Freude dann,
Der Schatten schwankte an der Wand.
Und in dem Schatten stand ein Mann.

Er war viel bleicher als der Tod
Wie er das Haupt zum Lichte bog.
Von seinen Händen tropfte rot
Das Blut, als er die Klinge zog.

„Und wärs der Teufel selber", sprach
Der lockige Lord und zog sein Schwert, –
„Der meines Weibes Schlafgemach
In unsrer Brautnacht mir verwehrt,

Doch soll er spüren, wer ich bin!"
Und Kling auf Klinge klirrte dann,
Und schweigend sah die Lady hin
Und starrte auf den bleichen Mann.

„Dich zwing ich doch!" Der Lord sprachs laut,
„Wie tapfer deine Wehr auch ist,
Wenn erst der Morgen draußen graut,
Ist um der Geister Gnadenfrist!"

Er holte aus zum letzten Gang,
Da klang vom Hof der Hähne Krähn.
In Stücke jäh der Stahl zersprang,
Sir Robert sprach: „Es ist geschehn!"

Und lautlos wie ein Schatten schlich
Zum Bett er wo die Lady war,
Und wie ein Nebel neigte sich
Sein Haupt auf ihr verwirrtes Haar.

Und zischend losch, herabgebrannt,
Des Leuchters letzte Kerze aus,
Wie Dämmerungsgraun der Tote schwand, –
Lärm und Gelächter klang durchs Haus,

Und Rosse stampften laut den Sand,
Trompeten schmetterten Alarm –
Lord Charlie hob vom Bettesrand
Der Lady Haupt in seinem Arm.

Und wie es schwer ins Kissen glitt,
Wie war es steif und seltsam fahl, –
In ihren Hals erwürgend schnitt
Die schwarze Schnur, zerfetzt und schmal.

REMBRANDT

Am schiefen kleinen Fenster eines schmalen,
Engbrüstigen Hauses in der Prinzengracht
Malt Rembrandt bei des Winterabends Strahlen,
Der draußen Mast und Segel rot entfacht,
Mit welker Hand, die leise von des Weines
Verrat bebt, im zerfetzten Pelz, bestaubt
Und grau wie sein verwirrtes Haar, an eines
Weißblonden Engels zartem Kinderhaupt.
Und prüfend blickt im letzten Abendlicht
Er auf das Bild und lehnt sich an die Wand.
Ein Lächeln im verwitterten Gesicht
Ruft er, zum dunklen Zimmer halb gewandt:
„Titus! Hendrikje!"
                                        Eine Türe klappt,
Ein Lichtschein kommt, der Schrank und Krüge streift,
Die Scheuerbürste reibt, ein Lappen flappt
Klatschend und wuchtig auf die feuchten roten
Ziegel im Flur und eine Stimme keift:
„Du Narr, was schreist du wieder nach den Toten!"
Und laut und frech, wie man ein Schimpfwort gellt
Am Hafen, wird die Türe zugeschlagen.
Ganz reglos steht der Greis. Die Dämmrung fällt.
Er senkt das Haupt. In plötzlichem Verzagen
Schiebt kindisch er die Unterlippe vor.
Ein Zittern geht durch die erschlafften Wangen – –
Doch jählings richtet er sich rasch empor
Und starrt hinaus zum Fenster.
                                                            Von dem langen,

Geteerten Vorbau an dem Nachbarhaus,
Wo wochentags Lewy Aschkenas
Hängt Bilder und verschlißnen Trödel aus,
Dort schimmert durch die Dämmrung, klar und blaß,
Der Sabbatkerzen feierliches Licht.
Wie eine goldne Brücke geht ihr Leuchten
Bis zu dem Bollwerk wo der Glanz sich bricht.
Er spiegelt sich wie Gold auf einem feuchten,
Vermorschten Pfahl und einer Kogge Bug
Glüht wie ein Kupferschild.
Weit vorgebückt
Sieht Rembrandt auf des Lichtes Märchentrug.
Sein Antlitz leuchtet kindlich, jäh entzückt,
Er fühlt verjüngt die greisen Adern klopfen.
Er atmet auf, dehnt die erschlafften Glieder
Und pfeift.
Aus den verschwollnen Augen tropfen
Langsam und heiß zwei große Tränen nieder.

CHRONIK

Es stand am Rain ein Hirtenkind
Und hütete die Herde,
Und wie sie sang im Sommerwind,
Ihr Haar floß bis zur Erde.

Es kam herab von seinem Schloß
Der junge Prinz gestiegen,
Er hielt am Weg mit seinem Troß
Und sah ihr Goldhaar fliegen.

Sie sang ein altes Liebeslied
Dem jungen Königssohne,
Da hat er still vor ihr gekniet
Und bot ihr seine Krone.

Es ist in alle Lande hin
Der Fürstin Ruhm erklungen, –
Doch hat die junge Königin
Niemals mehr gesungen.

BRAUNE BÄRBEL

Bin Bärbele, die Bademagd,
sie heißen mich die Schöne.
Die Frauen gucken fort von mir,
doch nach mir schaun die Söhne.
Die Mägd am Brunnen speien aus,
als ritt ich auf dem Besen.
Und bin doch freien Mannes Kind
auf freiem Grund gewesen.

Es kamen Not und schwarzer Tod,
es kam das Joch der Frone.
Das beugte Bauernschultern hart,
zum Schuldner und zum Knechte ward
Der Vater samt dem Sohne.

Es blies ein heißer Föhn durchs Land
vom Wasgenwald bis Schwaben.
Des Bundschuhs rote Fahne rief:
Steht auf, ihr Bauersknaben!

Der Ahne sprach am Angerbaum
zu uns von alten Zeiten.
Auf hölzernem Esel ließ der Vogt
den Greis zu Tode reiten.
Auf unsrer Bank am Eichentisch
wir waren unser sieben, –
O meine Brüder, rank und schlank,
o meine Schwestern, rot und frisch, –
Wo seid ihr geblieben?

Vom Pfluge lief der ältste Sohn,
der zweit vom Töpferofen.
Sie lagen weiß im roten Mohn
im Feld von Königshofen.
Des Jüngsten Hirtenpfeife schrill
sang ihren Todesreigen
Und wurde erst am Abend still.
Es sah wie Ähren neigen
Mein Vater Söhn und Sippen sich.
Er schritt voran den Seinen
Und stand, ein grimmer Sensenmann,
allein im Abendscheinen.

Sie fanden ihn, sie banden ihn,
sie haben ihn geblendet.
O gütiges Vaterangesicht,
so sah ich dich geschändet!
Der Henkersknecht den Stecken gab
in die zerquälten Hände.
Sie stießen ihn den Berg hinab, –
wo war sein Grab?
Wo seines Elends Ende?

Der Mutter Hand, wie Holz so hart,
erstickte Schrei und Klagen.
O bitter war die Bettelfahrt
in ihren alten Tagen!

Es rauschten durch die kalte Nacht
die weißbereiften Tannen.
Die eine Schwester hat gelacht,
die andre küßte mich ganz sacht, –
So liefen sie von dannen.

O wild ist gieriges Bettelpack,
gehetzt gleich räudigen Hunden,
Und löchrig ist der Bettelsack
und Bettlerfuß voll Wunden.
Am Fenster saß der Baderwirt,
sah uns vorm Büttel laufen,
Tunkt weißes Brot in warmen Wein, –
die Mutter schrie zu ihm hinein:
„He, feister Hirt!
Willst nicht mein Lämmlein kaufen?"

Nun schlepp das heiße Wasser ich
in Zuber und in Wannen.
Das dampfende Wildbret trage ich,
die Schüsseln und die Kannen.
Es tafeln mit den Buhlen froh
im Bad die nackten Frauen.
Die Feder weht vom Sammethut,
Der Schleier glänzt, – die haben's gut!
Warum packt mich das Grauen?
– – – – – – – – – – –

Der Büttel und seine Knechte,
die brachten Bärbel gefahren,
Sie fuhren sie langsam, Schritt um Schritt,
auf dem Armesünderkarren.
Sie hielten vor dem Hochgericht,
Da warteten Block und Grab,
Da sprach der Meister Rotrock:
„Braune Bärbel, steige ab!
Rot brennt der kahle Felsenpfad
von deinen blutigen Sohlen, –
O warum hast du des Ratsherrn Ring,
den goldnen Ring gestohlen?
Es saß der Herr so warm und traut
im Bad bei seiner Buhle,
Am Fenster lag im Zobelpelz
der Ring auf samtnem Stuhle.
Was nahmst du ihn? Was hast du ihn
so rasch und gut verborgen?
Nun kam, verstockte Bademagd,
für dich ein schlimmer Morgen!"

Schön Bärbel schritt im Sterbehemd,
schwer schritt sie und mühselig,
Sie sah die Bürger und Bauern stehn
wie Ähren, vielhundertzählig.
Sie hörte das Läuten, hart und schwer,
und wie das Flüstern summte,
Und einmal klang's wie Weinen her,
als die Glocke verstummte.

Sie sprach: Ich tat den Mund nicht auf
bei Schwinge und bei Schrauben, –
Wer wird da unt, landab, landauf,
mir armen Bärbel glauben?
Wer sah als ich der Elster Flug?
Wer hörte noch ihr Scheckern?
Wer sah, was sie im Schnabel trug
zum Nest bei Moos und Eckern?!
Ich ward verkauft, ich ward verklagt,
mein Kranz und Leib zerrissen, –
Doch frei geboren war die Magd,
und frei blieb mein Gewissen!

Ich bitte dich, du Henkersknecht,
in meiner Sterbestunde:
Gewähre mir mein letztes Recht!
Reiß aus dem harten Grunde
Die junge Linde am Heidenstein
als Stecken für meine Fahrt,
Und pflanze sie mit der Krone ein
wo du mich eingescharrt.
Und fraß zu Recht mich das Gericht
durch dieses Schwertes Zorn,
Dann wolle, liebe Linde du,
welken und verdorrn!
Doch sieh, ich wasch deine Wurzeln blank
wie Äste, mit meinem Jammer, –
Liebe Linde, wachse schön und schlank
aus meiner dunklen Kammer!

Liebe Linde, stark und wipfelbreit
sollst auf dem Berg du ragen,
Sollst über Tal und Hügel weit
um meine Unschuld klagen.

Aus meinen dunklen Augen,
liebe Linde, werde wach,
Und grüße mit deinen Zweigen
die Brück und den Tauberbach!
Und wenn mein Haupt und weiß Gebein
im Grund du sprengen wirst,
Wird drüben wachsen im Morgenschein
ein neues Haus auf unserm Rain,
Und die Krone wehn vom First!

Dann trink mein Herz und grüße du
aus tausend grüner Herzen Beben
Das Haferfeld und den Holderbusch
und drüben am Hang die Reben!
Und singe, grüngoldene Glocke du,
aus deiner Bienen Dröhnen
Über der Heimat immerzu
von Bärbel, der Schönen!

AGNES BERNAUERIN

Sie sangen am Herd als die Flamme schied:
„Es ist ein' Ros entsprungen."
Sie sprachen zu ihr als verklungen das Lied:
„Was hast du nicht mitgesungen?

Was bist du so blaß, Agnes Bernauerin,
Was starrst du so vor dich nieder?"
Sie sprach wie schlafend vor sich hin
Und schloß ihre schweren Lider:

„Mir träumte in der Andreasnacht,
Ich sei an die Donau gegangen.
Der Himmel glomm in blutiger Pracht
Und die roten Wellen sangen.

Sie trugen mir zu in schaukelndem Tanz
Eine Krone, sternbeschienen, –
Und wie ich sie hob war's ein Sterbekranz
Von welkenden Rosmarinen."

DIE DOMINA

Sie ritten dahin im Sonnenbrand
Den rostigen Spieß in der Arbeitshand,
Und als sie ritten stumm und still,
Schrie im Tal ein Glöcklein hell und schrill.
Da sprach der Hauptmann: „Domina,
Deines Klosters letzte Stunde ist da!"

Ihre Äxte klopften ans Klostertor:
„Nun, Frau Domina, komm hervor,
Gestern brannte Sankt Alberts Abtei,
Heute ist an dir die Reih,
Gestern das Mönchsnest war lustige Beute,
Bessre sind die Nönnchen heute!
Heiligenkronen und Meßgewänder
Geben blanken Helmschmuck und Schärpenbänder!"

Von der Mauer droben sah sie herab
In den welken Händen den Hirtenstab,
Unter dem weißen Schleiertuch
Blitzten die Augen tief und klug,
Und als sie auf den Hauptmann sah,
Lächelte bitter die Domina.

„Jochen Ballenstedt, meiner Muhme Sohn!"
Und zum nächsten dann: „Dich kannte ich schon,
Als du am Zaun dich aufgereckt,
Und ich deine Hand voll Kirschen gesteckt!"
Zum langen Lorenz, der neben ihm stand,
Sprach sie: „Dich schlug ich ins Wickelband!"
Und zum nächsten: „Bei Schnarre und Feuergeschrei
Stand ich deiner Mutter bei!"

Sie schwieg und sah auf die Schar im Sand,
Da war keiner, den sie nicht gekannt.
Bauern und Knechte, dicht gedrängt,
Standen, den Blick zu Boden gesenkt.

Jochen Ballenstedt sprach: „Domina, hör!
Deinen falschen Glauben abschwör,
Bekenne dich frei zu Luthers Lehr,
Dir und den Deinen gilt's Gut und Ehr!"

Die Domina sah hinab voll Ruh:
„Jochen, ich bin zu alt dazu,
Sechzig Jahr beugt ich die Knie
Vor meiner guten Mutter Marie.
Sechzig Jahre gut und gern
Dient ich ihr, wie die Magd dem Herrn.

Und wenn ihr alle von ihr geht,
Eine bleibt, die zu ihr steht.
Dies ist mein Spruch und ist mein Sinn,
So wahr ich eine Ritdorf bin!" –
Hoch auf, den silbernen Stab in der Hand,
Mit funkelnden Augen die Domina stand.

Und der Hauptmann nach kurzem Besinnen:
„Sei es drum, Domina, zieh von hinnen,
Steig herab und geh zu den Deinen,
Schwer fällt alten Augen das Weinen!"

Sprach die Domina: „Jochen Ballenstedt,
Ich bin wie einer, der zur Richtstatt geht,

Drum um Gott und alter Freundschaft willen
Wolle mir eine Bitte erfüllen,
Laß mich in meines Mantels Falten
Tragen, was ich in Ehren gehalten.
Gib mir dein ritterliches Wort,
Daß ich sicher aus dem Tore dort
Trage, was ich einst bekommen!"

Da murrten die unten, scheu und beklommen,
Und stampften vor Zorn: „Die Alte ist schlau,
Sie meint das Gerät Unsrer Lieben Frau,
Die goldne Monstranz, das Altarbehänge,
Sankt Brigitts und Katrinens buntes Gepränge,
Sind alles Lehn und Bürgergaben,
Nun sollen's die Krämer wiederhaben!"
Der Hauptmann hörte nicht Murren noch Schrein,
Er hob die Hand: „So soll es sein!"

Da kreischten drinnen die Riegel am Tor,
Langsam trat die Domina vor
Und weit um sie, starrseiden und blau,
Stand der Mantel Unsrer Lieben Frau.
Die draußen ballten die Fäuste: „Vertrackt,
Was die Alte alles aufgepackt!"

Die Greisin hat nicht aufgeblickt,
Schwer ging sie, wankend und tief gebückt.
Beim ersten Schritt war sie heiß und rot,
Beim zweiten blasser als der Tod.
Als sie kam an den ersten Mann,
Der Schweiß von ihrer Stirne rann,

Als sie schritt die Brücke entlang,
Das Wasser aus ihren Augen sprang
Und als sie stand auf dem Wiesengrund,
Da quoll das Blut aus ihrem Mund,
Da fiel der seidene Mantel ins Gras —,
Fünf junge Gesichter, verweint und blaß,
Lugten hervor und duckten sich wieder
Zitternd auf die Domina nieder.

Die griff mit den Händen in Kraut und Klee,
„Tritt her, Jochen Ballenstedt, daß ich dich seh,
Kalt wird die Hand, die nach deiner faßt,
Ich trug zu schwer an der jungen Last,
Ich trug sie bis an den Wiesenrain.
Hier gehen die Straßen ins Land hinein,
Hier gehen die Straßen nach Süd und West
Zu meiner Tauben Heimatnest.
Ich habe dein Wort und keiner kann's wehren
Daß sie sicher und heil zu Neste kehren,
Und ein ritterlich Wort ist gutes Geleite!"

Sprach's, und neigte ihr Haupt zur Seite.

Wer ist so schön wie das schöne Metelein?
Es neigen sich vor ihr alle Blumen am Rain.

Alle Mädchen im Land haben Haar wie reifes Stroh,
Doch der schönen Mete Haupt brennt wie Flammen lichter-
loh.

Es sprach des Schulzen Sohn: „Wer lacht den ganzen Tag
Viel süßer als die weißen Tauben im Schlag?

Ich hab manch Garn gelegt heimlich im Frührotschein,
Heut will ich fangen das schönste Vögelein!

Ich fang es nicht mit Schlingen und nicht mit Ruten ein,
Ich fang es mit einem goldroten Ringelein."

Und als die schöne Mete zur Bleiche ging
Auf ihren weißen Finger streift er den goldnen Ring.

Er herzte und er hielt sie in seinem Arm.
Da sprach die schöne Mete: „Daß Gott erbarm!

Als euer Tor gebaut, beim letzten Hammerschlag
Ein klein nackt Kind auf des Schulzen Diele lag.

Du bist sein Sohn und Erbe, ich bin ein Findelkind, –
Nimm du dein goldnes Ringlein zurück geschwind!"

„Ich wiegte dich und trug dich, als ich ein Junge war,
Strählte mit ungefügen Fingern dein wirres Haar.

Und würde deine Mutter eine Hexe sein,
Du wunderschöne Mete, dich nur will ich frein!"

— — — — — — — — — — —

Als die schöne Mete ihr Kind zur Taufe trug
Der Großknecht am Tore die Maien anschlug.

Da flogen die Späne, vom Astloch flog der Keil,
Da schrie die schöne Mete als träfe sie ein Pfeil.

Sie sank in die Kniee, sie raufte ihr Haar.
Man nahm ihr das Kind, sie ward es kaum gewahr,

Sie hielt am Ohre lauschend die weiße Hand,
Sie sprach: „Wie läuten die Glocken süß im Elfenland!

Und wenn ich jetzt noch eine Jungfrau wär,
So käme ein schneeweißes Roß daher.

Und trüg ich keinen Ring und hätt ich keinen Mann,
So spräng ich in den Sattel und ritte von dann.

Und hätt ich kein Kind, das nächtens nach mir weint,
Dann jagt ich mit den Wolken, wenn der Vollmond scheint.

O weh mir, daß ich eines Menschen Liebste war,
O weh mir, daß ich ihm ein Kind gebar!

Der Bann ist gebrochen, nun kommen sie all,
Schon hör ich der silbernen Hörner Schall.

Sie reiten und sie singen in ewiger Fröhlichkeit,
Sie kennen keine Liebe, sie kennen kein Leid.

Ich arme Mete, was soll ich tun?
Nun kann ich nirgends mehr rasten noch ruhn.

Es ist mein Tod, muß ich von euch gehn,
Und hab doch meiner Schwestern grünfunkelnde Augen gesehn!"

Sie hob sich von den Knieen, sie schritt zum Tor.
Da schob ihr Mann den Riegel davor.

Er hielt sie in den Armen, sie wehrte sich und schrie,
Zu einer brennenden Garbe wurde sie.

Er sprach: „Ich laß dich nimmer, wie schrecklich du auch bist.
Nun lerne, weiße Elfin, was Liebe ist!"

Er hielt das wilde Feuer, das brannte ihn heiß.
Das Feuer ward zu Wasser, das Wasser ward zu Eis.

Er hielt die Todeskalte, er ließ sie nicht los.
Da ward sie zur Schlange, bunt und riesengroß.

Und als er sie zwang, die sich um ihn wand,
Die wunderschöne Mete wieder vor ihm stand.

Da huben die Glocken im Dorf zu läuten an.
Die schöne Mete sprach: „Wo ist mein liebster Mann?

Wo ist mein kleines Kindlein? Mir träumte wirr und schwer,
Daß ich ferne von euch im Elend wär."

Sie traten vor das Tor, sie schritten Hand in Hand.
Sprach Mete:
„Wie läuten die Glocken lieblich im Heimatland!"

Den Garten, drin er ihn gepflückt, –
Den ersten kleinen Veilchenstrauß,
An einem Tag, hell wie ein Fest, –
Hat längst die laute Stadt erdrückt.
So traurig blickt das leere Haus,
So winterlich und überlebt,
Wie ein verlassnes Schwalbennest
Über dem bunten Gassenbraus
Im Mai oben am Firste klebt.

Von seinem Heiligen Römischen Reich –
Wer weiß davon in dieser Zeit?
Von seinem Ruhm, dem keiner gleich,
Was lebt für uns als Ewigkeit?

Ein Christkind, goldgelockt und blaß,
Ein braunbepelzter Osterhas
Und dieses Sträußchen, hold und blau,
So wie ein jedes Kind es hat,
Die Blätter noch vom Wegstaub grau,
Und wie es seine Hand genau
Auf dieses braunverwelkte Blatt
Gottvaterzärtlich konterfeit!

DIE MÜLLERSBRAUT

Die Glocken im Kirchturm bimmelten aus,
Der Brautzug trat auf den Kirchhof hinaus.

In Schleier und Kranz und seidenem Kleid
Ging die schöne Braut an des Müllers Seit.

Und als sie kam an die Kirchhofstür,
Drei blasse Gäste traten herfür.

Drei nackende Kindlein, Hand in Hand,
Zupften die Braut am seidnen Gewand.

Und das Erste sprach: „O Mutter mein,
Tue ab, tue ab Deinen Schleier fein.

Tue ab, tue ab Deine Myrtenkron!
Am Feldstein modert Dein junger Sohn.

Einen Spaten nimm in Deine Hand,
Grab mir ein Grab am Friedhofsrand.

Ich liege zu nahe dem Acker dort,
Die Sensen und Sicheln gehn immerfort.

Ich bin gezeugt wo die Halme wehn,
Hinter der Pflugschar wollte ich gehn.

Und würde ich leben, landaus, landein,
Kein besserer Knecht als ich sollte sein!"

Und das Zweite sprach: „O Mutter mein,
Geh hinab die Straße, hinab den Rain,

Hinab die Wiese zum Floß am Teich,
Wirf aus ein Netz, engmaschig und weich,

Und wenn das Wasser es schaukelnd wiegt
Deine junge Tochter darin liegt.

Auf der Bleiche im Mondschein empfingst Du mich,
Wie ein blindes Kätzchen ertränktest Du mich.

O würde ich leben – im Sonnenschein
Mein weißes Garn, das bleicht ich am Rain.

Mein Garn das wäre so blank und gleich,
Solch glatten Faden spänn keine im Reich.

O würde ich leben – landaus, landein,
Keine frohere Magd als ich würde sein!"

Und das Dritte sprach: „O Mutter mein,
Nimm auf, nimm auf Dein Kindlein klein!

Als Du mich bange getragen hast
Deinen Jammer spürte die stumme Last.

Deine Angst und Schande und heimliche Not
Trank ich mit Deinem Herzblut rot.

Und als Du mich heimlich im Stall gebarst,
Da sah ich wie siech und müde Du warst.

Vor dem grausamen Leben grauste mir
Und ich wand mich winselnd im Stroh wie ein Tier.

Meine wimmernde Kehle hieltest Du zu –
Da schlief ich ein. Süß ist die Ruh!

Liebe Mutter, küsse und herze mich,
Tausendmale liebe ich Dich!"

Und als so sprach das jüngste Kind,
Hin kniete die blasse Braut geschwind.

Vom Haupte nahm sie die Myrtenkron
Und warf sie über den ersten Sohn.

Vom Nacken nahm sie das Schleiertuch
Ihre junge Tochter sie darein schlug.

Und Sohn und Tochter hinschwanden schnell,
Zwei Röslein blühten an ihrer Stell.

Doch ihr jüngstes Kindchen, weich und warm,
Nahm sie und wiegt es auf ihrem Arm.

Und als sie küßte sein Mündchen rot –
Aufflog's wie ein Täubchen, und sie war tot.

DER ERDBEERHANG

An dieser Linde hat im Schwedenkrieg
Der Kampf getobt. Den Bauern ward der Sieg,
Die fremde Reiterschar ward aufgerieben.
Hier hat man heimlich noch in selber Nacht
Im Waldgrund Freund und Feind zur Ruh gebracht.
Das halbe Dorf war wohl dabei geblieben.
Die andern kehrten heim zu Axt und Pflug.
Doch bis zum Tod, weit in den dumpfen Frieden,
Haben den stillen Berghang sie gemieden.
Nur spät am Abend, bei dem Spinnrad, trug
Ein rasch verstummtes Wispern noch die Mär
Von jenem Kampf am Lindenhange her.
Bis endlich, langsam, dann auch das verhallt.

Doch einmal strichen mittags durch den Wald
Die Kinder aus dem Dorf. Da kamen sie
Zu einem Berghang, den sie nicht gekannt,
Wo reglos eine große Linde stand
Und dunkle Glockenblumen, wie sie nie
Zuvor gesehn. Von dem durchglühten Kraut
Stieg süß und schwer der heiße Würzeduft
Sonnegereifter Erdbeern in die Luft.
Sie warfen sich mit hellem Jubellaut
Darüber her. Und als sie endlich satt
Von ihrem Mahl und von der Hitze matt,
Im dunklen Lindenschatten still geruht
Und nach den Bienen sahn, die summend schwebten,
Hob eins die Hände, die vom Saft noch klebten,
Und lachte hell: „Sieht es nicht aus wie Blut?"

DIE FRAUEN VON NIDDEN

Die Frauen von Nidden standen am Strand
Über spähenden Augen die braune Hand,
Und die Boote nahten in wilder Hast,
Schwarze Wimpel flogen züngelnd am Mast.

Die Männer banden die Kähne fest
Und schrieen: „Drüben wütet die Pest!
In der Niedrung von Heydekrug bis Schaaken
Gehn die Leute im Trauerlaken!"

Da sprachen die Frauen: „Es hat nicht Not, –
Vor unsrer Türe lauert der Tod,
Jeden Tag, den uns Gott gegeben,
Müssen wir ringen um unser Leben,

Die wandernde Düne ist Leides genug,
Gott wird uns verschonen, der uns schlug!" –
Doch die Pest ist des Nachts gekommen
Mit den Elchen über das Haff geschwommen.

Drei Tage lang, drei Nächte lang,
Wimmernd im Kirchstuhl die Glocke klang.
Am vierten Morgen, schrill und jach,
Ihre Stimme in Leide brach.

Und in dem Dorf, aus Kate und Haus,
Sieben Frauen schritten heraus.
Sie schritten barfuß und tiefgebückt,
In schwarzen Kleidern, buntgestickt.

Sie klommen die steile Düne hinan,
Schuh und Strümpfe legten sie an
Und sie sprachen: „Düne, wir sieben
Sind allein noch übrig geblieben.

Kein Tischler lebt, der den Sarg uns schreint,
Nicht Sohn noch Enkel, der uns beweint,
Kein Pfarrer mehr, uns den Kelch zu geben,
Nicht Knecht noch Magd ist mehr unten am Leben, –

Nun, weiße Düne, gib wohl acht:
Tür und Tor ist Dir aufgemacht,
In unsre Stuben wirst Du gehn
Herd und Hof und Schober verwehn, –

Gott vergaß uns, er ließ uns verderben.
Sein verödetes Haus sollst Du erben,
Kreuz und Bibel zum Spielzeug haben, –
Nur, Mütterchen, komm uns zu begraben!

Schlage uns still ins Leichentuch,
Du unser Segen, – einst unser Fluch.
Sieh, wir liegen und warten ganz mit Ruh", –

Und die Düne kam und deckte sie zu.

SIEBENSCHÖN

Das ist die Sage von Siebenschön,
Siebenschön von Stavoren.
Viel reiche Jungfraun sah man gehn
In der Stadt mit den silbernen Toren,
Aber keine war reicher als sie.
Ging sie zur Metten,
Klirrend in Perlen und Bernsteinketten,
Dann erblaßten vor Neid Sankt Katrin und Marie.

Stolz war Jungfrau Siebenschön,
Hat keinen Freier erkoren,
Hieß alle lachend von dannen gehn,
Hat nie ihr Herz verloren.
Sprach: Pfeffersäcke und Heringskrämer!
Wo ist der Mann,
Der um Siebenschön werben kann?
Einen Prinzen nur will ich haben! O käm er!

Aus der Messe kam Jungfrau Siebenschön.
Und sieh, an dem Muschelbecken
Im Schatten sah einen Mann sie stehn –
Wie tat ihr Herz erschrecken!
Der war anders als alle, die je sie gekannt.
Schwarz war sein Haar
Und dunkelglühend sein Augenpaar,
Und fremd und fürstlich war sein Gewand.

„Verzeiht", sprach der Fremde – durchs Orgelgetön
Seine Stimme klang süß ihren Ohren, –
„Ich kam zu suchen Siebenschön,
Siebenschön von Stavoren.

Beim ersten Blick hab ich Euch erkannt.
Die nur allein
Kann Siebenschön sein –
So wahr ich der Prinz von Samarkand!"

Vor Siebenschöns rotem Giebelhaus
Lag das Bettlerpack auf den Treppen,
Aus der Küche drang süßer Brodem hinaus,
Und sie sahn das Gesinde schleppen
Den braunen Kapaun und die Kannen Wein.
Da sprachen die Armen:
„Keine anderen Gäste als wir nur kamen –
Tafelt die Jungfrau das ganz allein?"

Und der Mond stieg aus dem Nebel hervor
Rauchig und rot wie ein herbstliches Blatt
Und sah golden über das Hafentor
Und wanderte über die schlafende Stadt.
In den Armen des Fremden lag Siebenschön.
Es sang sie in Schlaf
Das Glockenspiel von Sankt Bogislav
Und des Domes fernes Uhrengedröhn.

In ihr stilles Gesicht schien das weiße Licht,
Hell glänzte ihr Blondhaar, wirr und lang.
Sie lachte im Schlaf und rührte sich nicht
Als dumpf am Haustor der Klöppel klang.
„Macht auf dem Rat! Dem Büttel tut auf!"
Hei Lärmen und Schrein!
In Siebenschöns Zimmer drangen sie ein.
Hoch fuhr sie und zornig im Bette auf:

„Zu nächtiger Stunde in meinem Haus,
Wen sucht Ihr?" – Der Richter im Purpurbarett
Sprach lachend: „Gib den Fremden heraus!
Der flüchtige Mörder ist bei Dir im Bett.
Zur Heirat war Dir mein Sohn zu schlecht.
Doch nicht zu gering
Ohne Spruch, ohne Schwur und ohne Ring,
Zum Buhlen war Dir der leibeigne Knecht."

Vor dem Schandpfahl am Dom stand Siebenschön,
Siebenschön von Stavoren,
Viel Hundert Bürger kamen sie sehn
Die Gut und Ehre verloren.
Und sie spieen und schrieen zu ihr hinab:
„Im Strohkranz stehst Du,
An der klirrenden Kette gehst Du
Wie die Bärin im Zwinger auf und ab!

Wo blieb Deine Schönheit, Siebenschön?
Deinen Prinzen hacken die Raben!"
Siebenschön hat nicht aufgesehn,
Stumm lag sie im Winkel vergraben.
Und zu Ende ging der endlose Tag.
Fort aus den Toren,
Den silbernen Toren von Stavoren
Trieb sie des Büttels Rutenschlag.

Der wandernden Wolken mondheller Zug
Trieb jagend am dunkeln Himmel vorbei,
Und der kalte Wind von fernher trug
Dumpfes Pochen und Rabengeschrei.

Da sah sie es schwarz auf dem Hügel stehn.
Schaukelnd hing
Hoch oben am Galgen, der einst sie umfing –
O schaurig war sein Wiegen und Drehn!

Sie küßte des Galgens rissiges Holz
Und sprach, vom Wind umstoben:
„Wo blieb mein Glück, mein Reichtum, mein Stolz?
Armseliger Toter da oben
Vom Regen gepeitscht, umkrächzt von den Krähn,
Du Mörder, Du Dieb,
Mir warst Du lieb, –
Und Dir zu Füßen stirbt Siebenschön!"

Sie schritten das Tor und die Brücke entlang
In den Märzsturm hallte ihr froher Gesang:
„Wir führen das Bräutchen in unserer Schar,
Wir führen sie hin zum Traualtar,
So freudevoll, so freudevoll!"

In Kraushaar und seidenes Festgewand
Griff zausend des Tauwinds feuchte Hand,
Und schütternd unter dem bunten Zug
Bebte die Brücke, die ihn trug.
Durch Glockengeläute und Brautgesang
Des Eisgangs donnerndes Dröhnen klang.
An die schwankenden Pfähle, getürmt und schwer,
Stürmte der Schollen gespenstisches Heer,
In rasenden Strudeln, in kochender Wut,
Gelbgrau und schäumend rauschte die Flut,
Und über den Hafen und über den Kai
Stießen die Möwen mit schrillem Schrei.

Und wie sie schrieen im Windeswehn
Da blieb die Braut auf der Brücke stehn,
Ihre Augen sahen den Schollen nach,
Ihr blasser Mund unterm Schleier sprach:
„Schön ist und braun meines Gatten Gesicht,
Meinen braunen Bräutigam liebe ich nicht.
Nie dachte mein Herz an Hochzeit und Mann.
Einen nur liebt ich von Kindheit an:
Du Strom, der gelb an die Pfähle schäumt,
Von dir nur hat meine Seele geträumt.

Jahr um Jahr, als Kind und als Maid,
Sah ich nach dir und nie ward ichs leid,
Und ich sah dich erglühen im Abendlicht
Wie ein rätselvolles, geliebtes Gesicht!"

Und wie die Braut am Geländer stand,
Ein goldenen Ring hielt ihre Hand,
Und heimlich, ehe sie weiter ging,
Ins Wasser warf sie den goldenen Ring.
Nicht Bruder, nicht Bräutigam sah wie er fiel,
Kein Junker sah es, kein Jugendgespiel.
Sie schritten dahin mit Gelächter und Sang
Von Tor und Giebel es widerklang:
„Gebt Gold, gebt Kuchen dem Brückner zur Maut,
Streut Blumen, streut Geld, wir bringen die Braut,
So freudevoll, so freudevoll!"

– – – – – – – – – – – – –

Mit Fiedeln und Flöten, im Fackelschein,
Müde vom Tanz und heiß vom Wein,
So kamen sie singend die Gasse herauf
Und schreckten die Stadt vom Schlummer auf.
Zu dunkeln, spiegelnden Fenstern empor
Hallte des Brautlieds klingender Chor:
„Nun singt es laut in die Nacht hinaus,
Wir bringen die Braut in des Gatten Haus,
So freudevoll, so freudevoll!"

Weit vor den andern, voran dem Zug
Schritt der Bruder der Braut, der die Fackel trug,

Und neben ihm ging die weiße Braut
Im wehenden Schleier und weinte laut.
Und wie sie schritt durch das Brückentor
Da klang es donnernd und dumpf an ihr Ohr.
Im fahlen Mondlicht, weit umher,
Gleißte der Schollen gespenstisches Heer,
Wie hungrige Wölfe, verwunschen und weiß,
In kreisenden Rudeln trieb das Eis.
Zusammengeschmiedet zu vier und vier,
Bebten die Pfähle vor ihrer Gier,
Und durch die Bohlen der Brücke lief
Ein schauerndes Atmen bang und tief.
Nach Hochzeitsfackel und Brautgewand
Griff täppisch des Tauwinds feuchte Hand,
Bis wirr, ein verschlungenes Fahnentuch,
Die stiebende Flamme zu Boden schlug.

Und wie die Glut auf dem Boden schlich,
Die junge Braut zur Seite wich.
Und wie ihre Hand das Geländer griff,
Da klang es dröhnend, als berste ein Schiff,
Da hob sich und sank, wie am Wrack der Bug,
Wankend der Pfeiler, der sie trug,
Da klang es splitternd als stürze ein Mast – –
Gedrängt, getürmt, in tosender Hast,
Über die berstenden Trümmer her
Stürmte der Schollen zermalmendes Heer.
In rasenden Strudeln, in kochender Wut
Über Kranz und Schleier rauschte die Flut.

Sie kamen daher mit Gelächter und Sang,
Vom Brückentore es widerklang.
Sie kamen mit Fackeln und Flöten herbei.
Über Tosen und Sturm und Todesschrei
Hell hallte ihr Lied in die Nacht hinaus:
„Wir bringen die Braut in des Gatten Haus,
So freudevoll" – –

DIE SENSE

Die Hunde schlugen an um Mitternacht,
Bis über ihrem Bellen wild erschrocken
Des Gutsherrn jüngstes Kind vom Schlaf erwacht.
Es strich sich aus der Stirn die langen Locken,

Zitternd vor Furcht und Frost hob's die Gardinen
Um nach dem späten Wanderer zu spähn.
Doch einsam lag der Garten, mondbeschienen,
Und keine Spur war auf dem Schnee zu sehn.

Die Hunde aber bellten immer noch
Und ihre Ketten klirrten. An der Hecke
Duckte der Tod sich, der vorüberkroch,
Damit sein Schatten nicht das Kind erschrecke.

Aus seinem weiten, weißen Schafspelz stach
Der Sense Stahl und blitzte aus dem Graben.
Das sah die Kleine, die verschlafen sprach:
„Da liegt ein Mond im Schnee. Den möcht ich haben!"

CASTELL

Mittsommer glüht überm fränkischen Land,
Träg schleicht der Bach durchs verdorrte Tal,
Wie Feuer lodert die Felsenwand,
Welk hängt die Rebe am heißen Pfahl.
Flammend im gelben Abendschein
Aus der Mauer reckt sich die Burg empor,
Versperrt die Brücke, verschlossen das Tor.
Einsam horstend auf Deinem Stein
Wo weilst Du heute, Graf von Castell?
Wo mögen die sieben Söhne sein,
Von Wuchs so rank, von Haar so hell,
Bei Jagd und Streit, bei Tanz und Turnier
Untrennbar wie Trauben am Spalier?!

Eine dämmernde Wabe, braundunkel und stumm,
Ist die Kammer im Turm. Nur das Sonnenlicht
Geht zwischen Türe und Bettstatt um
Und geht übers wächserne Krankengesicht.
Hell liegt der goldene Abendbrand
Auf des spähenden Wächters weißem Haar.
„Michel, mein Knecht, die Reiterschar
Dort an der Brücke, – siehst Du sie nicht?"
„Ich seh nur den Staub in der Sonne wehn
Und Hirt und Herde heimwärts gehn!"

„O schlimmer Tag, Hubertustag,
Da ich unterm röchelnden Keiler lag!
Nun sieche ich hin, ein gelähmter Mann,
Der Speer und Schwert nimmer schwingen kann!

Aber sieben Söhne, tapfer und jung,
Schickte ich heut in Fehde und Streit!
Nacht war es. Wieder ist Abendzeit.
Über das Schild in der Täfelung
Fließt Abendschein wie rinnendes Blut.
Michel, mein Knecht, dort unten vom Wehr
Klang's nicht wie klappernder Hufschlag her?!
Die Brücke rasselt, ich höre es gut!"
„Nichts ist zu hören, als fern überm Wald
Des Klausners Glöcklein, das einsam hallt!"

„Die Sonne sank. Wie dunkel es wird!
Doch tröstlich geweihte Kerze scheint!
Mag sein, sie folgen dem fliehenden Feind,
Im Walde verborgen, im Moor verirrt!
Michel, mein Knecht, so müde und blaß,
Nun hole den silbernen Krug herein,
Nun lange vom Bort das braungoldene Glas,
Des böhmischen Flüchtlings teuerstes Gut,
– Stolz schreitet im perlengeschmückten Reif
Der gekrönte Leu mit dem Doppelschweif, –
Der Sterbende gab es in meine Hut
Und sprach: ‚So lange drin funkelt der Wein
So lang wird Castell in Franken sein!'

An meine Lippe hebe den Rand!
So trink ich den Söhnen Willkomm und Glück,
Gott führe sie heil zur Burg zurück!
Michel, was zittert Deine Hand?

Alter, was blickst Du so starr mich an?
Was will auf der Schwelle der fremde Mann
Mit den blutigen Lappen um Hals und Haupt?
Nun hinkt er her, so bleich und verstaubt.
Was stammelt der Wunde? Ein schlimmes Wort!
Es klang wie Verrat, – es klang wie Mord, –
Was geht dies Wort Castelle an?
Meine jungen Söhne, meine lieben,
Wo sind sie geblieben?!"

„Sie liegen erschlagen, alle Sieben!!

Ich sah sie liegen stumm und starr,
Gefällte Stämme, drüben am Wald!
Über das blonde Zwillingspaar
Sank schirmend des Erbgrafen Hochgestalt.
Es schliefen die Knaben Hand in Hand
Und Haupt an Haupt. Euer alter Feind,
Der von Wildenberg, hat geweint, –
Und aufrecht noch im Tode stand
Graf Kilian der Rote. Er stand allein
Über Brüdern und Vettern. Die lagen im Sand.
Von Ritter und Knecht, von allem Gesind
Über blieb nur meiner Mutter Kind, – –"

„Ach nein, ach nein, noch Einer blieb!
Vater, Deinem Jüngsten vergib!

Lachend und singend ritt ich aus
Mit den großen Brüdern zum ersten Streit.
Am Koller welkte der Rosenstrauß,
Die Nacht war heiß und der Ritt war weit.
In der Schenke am Waldrand hielten wir Rast,
Mein Pate, der Crailsheim, rief: ‚Wein! Bringt Wein!
Dem kleinen Ritter, dem jüngsten Gast,
Braune Hexe, schenk ein! Schenk ein!‘
Er hob den Becher, er hat gelacht:
‚Mein Leben ist kurz wie die Sommernacht,
Doch lang sei Deines! Ich trink Dir zu, –
Kleiner Clemens, nun trink auch Du!‘
Und die Alte murmelte: ‚– So soll es sein!‘

O grau war der Morgen und lang der Ritt!
Vor den müden Augen der Zug verblich,
Nur der Crailsheim wendete sich
Und nickte, als ich vom Sattel glitt.
Die Buchen rauschten im Morgenwind
Und ein Stadel stand unterm Holderstrauch,
Das Heu war weich und duftete lind,
Ich grub mich hinein. Ferne im Tal
Verklang der Hufschlag, klang ein Choral,
Und tief im Walde rief der Gauch
Unzählige Mal, – –“

„Und rief er Dir Jahre unzählige zu, –
Für mich sind all meine Söhne tot!
Es ist kein Bett und es ist kein Brot
In Burg Castell für einen wie Du!

Ein bechernder Fant, ein verspieltes Kind
Das die Stunde verschlief,
Die zu Ruhm und Sterben die Brüder rief!
Wie schweifender Wolf, wie flüchtiger Wind
Geh namenlos um, Dein eignes Gespenst,
Auf Straßen und Bergen, die Du nicht kennst, –
Vergiß Deine Heimat wie Dein Geschlecht!!"

Die Kerze zuckte, so still es auch war,
Eine schmale Gestalt zur Türe wich.
Der fremde Bote schüttelte sich
Und am Bette kniete Michel, der Knecht,
Und des Kranken Hand von der Decke strich
Ein Hälmchen Heu und ein blondes Haar.

– – – – – – – – – – – – –

Heiß glüht der Herbst überm fränkischen Land,
Die Trauben kochen am Rebenhang.
Über das Tal hallt der Winzer Gesang,
Die schweren Bütten sind voll bis zum Rand.
Jung und alt, geschäftig und heiß,
So steil bergan und so jach bergab,
Schneiden und schleppen und mühen sich ab.
O früh der Nebel war kalt und weiß!
Schon wehen die Blätter bunt und braun,
Schon fliegt das Spinnweb um Hecke und Zaun, –
Morgen wird Sturm und Wetter sein!
Doch heut
In die schäumende Kufe schüttet den Wein!
Stimmt alle ein

In der stampfenden Knechte Kelterlied!
Zu Sankt Kilians Geläut,
Zu der Feldfeuer Hauch, der blauqualmend zieht,
Jauchzend klingt es über den Main:

„Verschränkt die Arme, tretet die Trauben!
Über Bohlen und Dauben
Quillt schwer und duftend die würzige Flut!
Ja, das Jahr wird gut!
Tief in den Kellern die Fässer hallen,
Geisternder Küfer Klopfhämmer schallen,
Es klirrt der Flaschen grünbäuchige Schar:
‚Ein gutes Jahr! Ein gutes Jahr!'

O hartes Los, jahraus, jahrein
Der edlen Rebe Gärtner zu sein!
O fröhlichstes Los, nach Müh und Plag
Am Gallustag
Zu lesen der Trauben gesegnete Last!
Ohne Ruh, ohne Rast
Zu treten den Wein, bis er brausend quillt,
Bis er schwer über Rand und Daube schwillt!
Gottvater, der herrliche Keltermann,
Hebt selber mit uns zu singen an:
O wo ist ein Wein, in der Pfalz und am Rhein,
So stark und mild wie der Frankenwein?!"

– – – – – – – – – – – –

Er hielt vor dem bunten Fachwerkhaus
Abseits den andern, der fremde Mann.
Der Bäck hing den grünen Kranz heraus
Und schwankte und lachte und rief ihn an:

„Ich geb Euch Weck, ich schenk Euch Wein,
In die kühle Stube tretet ein!"
Doch der Fremde sah und hörte ihn nicht.
So grau sein Haar, so jung sein Gesicht,
Landfremd der Gruß, den er leise sprach
Und fremd sein Roß und fremd sein Gewand.
Doch lange der Bäck auf der Schwelle stand
Und schwankte nicht mehr und sah ihm nach.

Er ritt durch das Land. Im Abendschein
So golden wars wie Mariens Haar,
Duftend von Obst und duftend von Wein,
Und rosenbeflockt sein Himmel war.
Die Kinder kamen vom Nüsseschlagen
Lachend herab den steinigen Rain
Und hörten verwundert den Fremden fragen:
„Wer wohnt in der Burg auf dem grauen Stein?"
Und ein Mägdlein rief, ihre Stimme klang hell:
„Droben stirbt der letzte Castell!"

Im stillen Hof wuchs das grüne Gras,
Goldne Lindenherzen trieben im Wind.
Oben im Turm in dem kleinen Gelaß
Zerbrochene Raute flog staubig und blind.
Er führte sein Pferd so leise zum Stall, –
Der war dunkel und leer, –
Dann schritt er langsam, schleppend und schwer,
Des Turms gewundene Treppe hinauf.

Die Tür stand auf.
Die Kammer war braundunkel und stumm.
Nur des heißen Herbsttags verlöschender Schein
Ging noch am Pfosten der Bettstatt um
Und eine Kerze brannte allein.

Keiner hat sich nach ihm gewandt,
Der Kranke nicht und der Lahme nicht,
Es traf nicht Abend- noch Kerzenlicht
Ihn, der wie Schatten im Schatten stand.
(— O Michel, Getreuer, wer ist der Mann
Dem Dein Amt Du gelassen? Ich kenne ihn nicht,
Und sah doch schon einmal dies stille Gesicht,
Schon einmal klang wie Wind im Rohr
Die sanfte Stimme mir klagend ans Ohr,
Wann war das? Wann?
Herz, schlag nicht so laut! Dein Vater spricht), – –

Der Kranke hob die wächserne Hand
Und winkte dem Knecht, der zu Fußend stand:
„Der Himmel leuchtet weingolden und hell,
Süß weht es durchs Fenster, duftend wie Most, –
Das sendet Franken als letzte Kost
Dem letzten Castell!

Nun lange das böhmische Glas vom Bort,
Aus dem silbernen Kruge schenke mir ein!
Und trank ich den Wein –
Am geschnitzten Wappen zerschelle es dort!

Mein sterbender Mund, dunkel und schwer,
Wird selbst es sagen:
  ‚Castell noch heut und dann nimmermehr!' – –
Laß Greinen und Klagen! Reiche es her,
Eh das Glas Deine zitternde Hand zerschlagen.
Heil gab es der Flüchtling in meine Hut, –
Weh, dort im Schatten, – ist's sein Gesicht?"

„Ein Flüchtling wohl, – doch der Böhme nicht!
Wie schweifender Wolf, der nimmer ruht,
Wie flüchtiger Wind
Durchlief ich den Wald, ein verirrtes Kind!
Mit den Flößern trieb ich hinab den Main,
Ein Stamm in der Trift, stromab den Rhein.
Zu Köln war Gast der Herr von Burgund.
Des Herzogs Falkner den Wildling fand,
In strenge Zucht nahm mich harte Hand.
Und sprach auch fremde Zunge mein Mund, –
Ruhmreicher Fahne doch folgte ich, –
‚Clemens, der Deutsche' nannten sie mich!

Und trank ich im Zelt und saß ich im Saal –
Zu diesem Glas ward Krug und Pokal!
Ich sah es im Meer, ich sah es im Sand,
Sah's funkeln aus spanischer Sonne Brand, –
Ich sah es bei Reims in der Reiterschlacht,
Im Kelch, der dem Wunden Labung gebracht, –
Wo immer ich stand, wo immer ich stritt,
Dies Bild ging mit:

Wie Bernstein schimmern braungoldene Reihn
Geschliffen rings um den schweren Fuß,
Es zittert im Wein wie Sonnenschein.
Stolz schreitet im perlengeschmückten Reif
Der gekrönte Leu mit dem Doppelschweif,
Und es duftet süß aus goldener Glut
Wie Jugend der Heimat schönster Gruß!

Klar ist der Wein und mein Auge klar
Und rein unser Schild, wie von je er war,
Gewaschen in tapferer Feinde Blut.
Und ich hebe das Glas und trinke Dir zu
Und spreche, – Vater, sprich es auch Du, –
(Ihr Brüder hört es, nun geht in Ruh
Der Graf von Castell zu den Ahnen ein, –)

‚Solange im Glase funkelt der Wein,
Wird Castell in Franken sein!!'"

MITTAGSSTUNDE

Besuch der jungen Elisabeth Goethe im Textorschen Elternhaus 22. März 1749

Sie stieß den schweren Flügel
Der Torfahrt auf. Es lag der Zinnenschatten
Im mittagsstillen Gang, gezackt und blau.
Am Brunnenhäuschen troff vom rostigen Bügel
Schläfrig das Wasser und die glänzenden, satten
Tauben kreisten gurrend um die junge Frau.
Des gelben Hauses grüne Fensterladen
Blinzelten altersmüd ins Frühlingslicht.

Sehr leise schritt sie durch den Treppenflur,
Und lehnte stumm das glühende Gesicht
An das Gehäus der leise tickenden Uhr.
Sie lächelte.
                    In breiten goldnen Schwaden
Tanzte der Staub. Doch von den feuchten Fliesen
Dunstete Winter, daß sie schaudernd fror.
Sie krampte mit den kinderrunden Händen
Die Halbtür auf und sah die Gartenwiesen
Märzgrün und primelhell. Sie beugte sich vor.
Um ihre Schultern sank von dämmrigen Wänden
Geborgenheit weich gleitend wie ein Tuch
Sorgsam gehegt in braunem Väterschrein,
Duftend von Obst und Wachs und einem Ruch
Süßen Lavendels und hüllte mütterlich
Des jungen Leibes frühes Hoffen ein.

Sie beugte sich
Demütig und beglückt und zählte leise
An ihren Fingern noch der Monde Zahl,
Und nannte flüsternd sie dem stillen Saal.
Über die Mauer breitete der greise
Der Maulbeerbaum, das knospende Geäst
Und wiegte sanft das leere Vogelnest.
Sie sprach „August" – als sähe sie die Beeren
Im dunklen Laub. Ihr Blick lag auf den Hecken
Und streichelte die Zweige am Spalier,
Als hingen an rosigen Blüten schon die schweren
Sammetnen Früchte. Und sie trank den Duft
Des sprossenden Grases und der gärenden Erde,
Mostherb und taumelsüß wie junger Wein.

Des Beetes warmes Dunkel war zerrissen
Von rötlichem Keimen wie gesprengte Gruft.
Sie sah die Tulpen mit den grünen Speeren
Schirmend dunkle Aurikelaugen decken,
Die groß sie ansahn aus den Blätterkissen.
Die erste, silberweißeste der Narzissen,
Die funkelnd noch den Tau des Morgens hielt,
Neigte sich vor ihr.
Und wuchs und lag in dunstiges Grün gebettet
Mit mittagsweißer Wälle Zackenrand
Und ward die Stadt, drin sie als Kind gespielt,
Tief unter ihr mit Brück und Tor verkettet
Über des Mains flutendem Funkelband.

Ihr blumiges Kleid bauschte sich bunt und falb
Um sie, ein weicher Frühlingswolkenkranz,
Durchstrahlt von einem immer wachsenden Glanz
Aus dem Verborgenen quellend, das sie trug.
– Wie Amselruf aus fernem Parke schlug
Der Domturm unten halb –
Sie sah im Niedergleiten
Perlmutterne Unermeßlichkeit sich breiten.
Sah silberne Schneegebirge südwärts blauen,
Sah winterlich bereiften Brandungsstrand
Und Dörfer, weitverstreut in jungen Saatenauen
Und Städte, voll wie Schalen bis zum Rand
Von überquellender Unrast –
                                        und dies Land
Wie Wald und Strom, wenn sie der Föhn berührte,
Aus tausend Herzen sich zu ihr erheben, –
Den Namen rufend, den sie nicht verstand, –
Und spürte,
Beschirmt von ihrer bebenden Mutterhand,
In ihrem Schoß des Sohnes erstes Leben.

DIE ROSE

Ein Wandrer kam in eine fremde Stadt.
Der Tag war heiß. So schritt er denn gemach
Die steilen Gassen hin, den Kindern nach
Die sich zum lustigen Spiel ersehen hatten
Den alten Friedhof, der im Lindenschatten
Am Hang des Bergs im Abendlichte schlief.
Durchs rostige Tor, das leis und klagend rief,
Ging stumm der Fremde, horchte aufs Geschrill
Der Schwalben und der Kinder froh Geschrei,
Sah Vers und Daten, zarte Schnörkelei
Verfallner Gitter – endlich hielt er still
An einem grünen Grab. Ein Rosenstrauch
Wiegte sich schwank und jung im Abendhauch
Und trug ein einziges Röslein leuchtend rot.
Wie es der Fremdling sah, däucht ihm im Garten
Des Vaters stände er im Heimatland,
Solch Röslein glühte dort im Abendbrand
Am Laubengitter, wo die Lieben warten,
Ob er nicht kommt –
Die rote Rose bebt,
Als bangte sie, wie seine Hand sich hebt.
Er pflückte sie. Der Strauch schlug an den Stein,
Und halb gedankenlos las er im Gehn
Der jungen Toten Namen:
'Marjolaine'.

Schwül war die Nacht. Spät schlief der Fremde ein.
Bald aber schrak er auf. Ein Wetter zog
Her vom Gebirg. Der alte Nußbaum bog

Sich jäh und knarrend in dem heißen Sturm.
Mit hartem Schlage rief die Uhr vom Turm,
Der Wirtin Kuckucksuhr sang leise nach,
Dann schlug ein Hund an, – weither – und gemach
Kam zwölf heran.
Der Fremde schrak empor.
„Was regt sich dort? Im Gange geht ein Schritt.
Nun ist es still. Mich täuschte wohl mein Ohr.
Nun wieder! Nein, das ist kein Diebestritt,
So sicher geht nur, wer im Haus bekannt.
Gewiß ein zweiter Gast, der Wand an Wand
Mit mir nun wohnt. Doch nein, die Wirtin ging
Schon längst zur Ruh. Vielleicht ein loses Ding
Von dem Gesind? – Da rauscht ein Weiberkleid!
Nachtfalter du, jetzt ist die rechte Zeit,
Doch wart, den Riegel hab ich vorgeschoben.
Wie schimmert's hell durch Schlüsselloch und Spalt!"
Er lacht! Da plötzlich überläuft's ihn kalt.
Der schwarze Riegel hat sich sacht gehoben,
Die Tür klafft weit.
In goldig klarem Schein
Tritt eine junge Frau ins Zimmer ein.
Die braunen Locken hält ein blaues Band.
Sie gleitet weiter, hält wie lauschend an.
Gleich kühlem Firnhauch überweht's den Mann,
Macht soviel Schönheit grausen? –
Ihr Gewand

Knistert am Holz der Bettstatt. Und sie hebt
Langsam den Arm. Die Hand ist klar und blaß.
Durch feine Finger sieht er, furchtdurchbebt,
Die rote Sommerrose glühn im Glas.
Da richtet er sich auf:
„Nein, Marjolaine!" –

Ein Blitz flammt jäh. Der Schlag hallt brüllend nach.
Im ganzen Hause sind die Leute wach,
Er hört ihr Rufen, Poltern, Kinderweinen,
Er sinnt so dumpf: „Was war, was ist geschehn?
In meinen Schläfen pocht und tobt das Blut.
Ich träumte schwer. Das macht die Wetterglut
Und dieser Rosenduft. Nun rauscht der Regen,
Vom Hofe weht es feucht und kühlend her.
Ich will die Rose an das Fenster legen.
Nur Licht!"
Die Kerze blinkte matt und blau,
Und in dem Glase sah er schal und lau
Das Wasser perlen.
Doch das Glas war leer.

Ça ira, ça ira!
Durch die Straßen rollt der Karren.
Rot von Blut und nimmersatt
Ist das Maul der Guillotine, –
Jauchz und kreische, Jacqueline,
Einstmals waren wir die Narren,
Doch gewendet ist das Blatt, –
Ça ira, ça ira!

Wie die Köpfe niedersausen!
Rüben in des Bauern Sack
Kommen nicht so dicht geflogen, –
Ausgebrannt und ausgesogen
Ist das Land von ihrem Hausen,
Rasch räumt auf mit all dem Pack!
Ça ira, ça ira!

Einst im Pflug sind wir getrabt!
Aber unser Schweiß war schlecht,
Nichts ging auf als Leid und Fluchen,
Laßt's uns jetzt mit Blut versuchen,
Das ist Dung, der Felder labt, –
Aber packt die Pflugschar recht!
Ça ira, ça ira!

Herr Marquis, was stockt Dein Schritt?
Stehst am Block wie schon gestorben.
Ja, wir sind nicht feine Leute!
Weißt Du, wie Du mich verdorben?

Einstmals war ich Deine Beute, –
Aber heute sind wir quitt!
Ça ira, ça ira!

Schande steht auf meiner Stirne –
Als zum ersten Male Du
Mich gesehn, im Münster kniet ich,
Sang ein fromm Marienlied ich.
Heute bin ich eine Dirne –
Hui! der Spitzel pfeift mir zu!
Ça ira, ça ira!

Duck den Nacken, Baronesse!
Mit dem Fuße fein und schmal
Stießest Du vom Wagentritte
Meines Hungers heiße Bitte,
Fuhrest lachend in die Messe,
Heut lach ich zu Deiner Qual!
Ça ira, ça ira!

Wie in einem Puppenspiele
Nahn sie, wenn die Bühne frei,
Knien und beten wie die Andern,
Gar kein Ende nimmt ihr Wandern,
Nachbarin, zählt Ihr wie viele?
Und ein Kind ist auch dabei!
Ça ira, ça ira!

Pfui, die Memme hat geschrien!
Auf und tanzt die Carmagnole!
In den Schlössern der Capet
Blank von Blut war das Parkett,
Schön wie Bratsche und Viole
Spielt zum Tanz die Guillotine,
Ça ira, ça ira!

Tanzt im grauen Lumpenhemde,
Tanzt im kurzen Scheuerrock!
Hei, der Pöbel sitzt am Ruder,
Jeder Sträfling heißt uns Bruder,
Gott der Herr ging in die Fremde
Und der König ging zum Block, –
Ça ira, ça ira!

Feierabend, Meister Hans!
An dem Blutgerüste steigt
Schon der Letzte auf die Leiter.
Morgen mäht das Fallbeil weiter.
Mit der Guillotine schweigt
Chor und Tanz.
Ça ira –

AUSGLEICH

Ein Rokokotisch aus Rosenholz.
Im Sèvresleuchter ein qualmendes Licht.
Einer schreibenden Frau erschrocknes Gesicht
Grellbeleuchtet, lauschend, stolz,
Dann tiefgesenkt.
An der weißen Hand
Brillantumfunkelt, blaut der Türkis.
Sie schreibt:
„Der Aufruhr durchtobt Paris,
Die Schweizer hielten heute noch stand.
Hier war's, wo gestern Ihr Brief mich traf.
Es ist tiefe Nacht. Der Vollmond scheint.
Der Dauphin schläft. Die Prinzessin weint,
Ich wollte sie weinte sich bald in Schlaf.
Louis ist ruhig, bei Appetit,
Aß sechs Koteletts mit Behagen auf –"

Sie stockt und blickt an der Wand hinauf,
Ihr eigenes Bild ist's das niedersieht,
Am goldnen Rahmen ein Spinnchen webt.
Sie blickt drauf hin und gibt kaum acht.
Schrill schlägt die Kaminuhr Mitternacht.
Sie zuckt zusammen, sie schreibt und bebt:

„Schreckliche Nacht! Schrecklicher Morgen!
Was auch immer meiner harrt
Eines bleibt mir doch erspart:
Mein teurer Freund, Sie sind geborgen!

Sie sind ferne von Not und Spott,
Sie sind gerettet, Sie sind frei, –
Es streckt kein Pöbel mit wütendem Schrei
Nach Ihnen die Hand –"
Sie lauscht: „Mein Gott,
Da ist es wieder, das Schreckenslied!"
Sie löscht das Licht.
Durch die Damastportiere
Klingt es schaurig von draußen her
Wie eine Armee die vorüberzieht.
Die Königin lauscht. Ihr wanken die Knie.
Tausend Kehlen brüllen heiser und rauh,
Wort um Wort, sie hört es genau:

„Allons, enfants de la patrie! – –"

– – – – – – – – – – – –

Über Stockholms Dächer und See
Flattern die Fahnen im Juniwind,
Fahnen, die alle halbmast sind
Und am tiefsten gehißt am Marschallspalais.

Der Marschall steht in dem weißen Saal,
Eine goldene Kapsel blinkt im Licht.
Er blickt auf das Bild und wendet sich nicht.
Draußen pocht es und noch einmal
Und ein Knabengesicht unter wirrem Haar
Blickt fragend auf:
„So ist es wahr,

Du bist in Gala und Du willst mit?!
Der Vater sagte Du wolltest heut
Dem Prinzen folgen, – Du darfst es nicht!"

Der Marschall drauf: „Es ist meine Pflicht!
Hörst Du? Da ist das Trauergeläut
Und da die Salve! Nun ist's genug –"

„Ohm Axel höre! Du darfst nicht gehn!
Sie glauben es Alle wie sie da stehn,
Alle – das Volk und die im Zug, –"
„Was glauben sie Alle?!"
Der Knabe erbleicht.
Seine zuckende Hand hält der Marschall umfaßt.
Er stammelt: „Der Kronprinz – Du warst verhaßt, –
Sie sagen ‚Gift', und von Dir gereicht –

Sieh nicht so starr, Ohm Axel!
Ich will
Den Diener rufen, Du nimmst die Livree,
Gehst heimlich zum Hafen, stichst gleich in See", –
Er schellt. Er wartet.
Alles bleibt still.

Der Marschall lächelt. „Armseliger Troß!
Das witterte Unheil und ließ den Herrn.
Geh, Junge, geh! Ich hatte Dich gern, –"

Ein Schritt verklingt. Eine Tür fällt ins Schloß.

Draußen hallt der Glocken Gedröhn.
Eine goldene Kapsel blinkt im Licht.
In der Sonne lächelt ein süßes Gesicht.
Er küßt das Bild. „Wie warst Du schön!
So schriebst Du mir, schöne Königin:
‚Sie sind gerettet, Sie sind frei,
Es streckt kein Pöbel mit wütendem Schrei
Nach Ihnen die Hand' –"
                                        Er träumt vor sich hin
Und langsam, das Haupt ein wenig geneigt
Durchschreitet er ruhig den Korridor.

Von draußen klingt es, ein schauriger Chor,
Es wächst wie die Flut im Meere steigt.
Das Tor steht auf.
                                Er blickt hinaus.
Tausend Häupter. Und drüber, schwarzverhüllt
Der schwankende Sarg.
                                        Haßerfüllt
Tausend Augen spähn nach des Marschalls Haus.
Sein Name von tausend Stimmen gerufen!

Er tritt hinaus.
                            Sie starren ihn an
Tausend Henker den einen Mann.
Sie stehn auf dem Pflaster. Sie stehn auf den Stufen.
In hölzernen Schuhen stehen sie,
Sie stampfen im Takt.
                                    In dem Mittagsschein
Steht der Verlorne.
                                Auffliegt ein Stein.
„Allons, enfants de la patrie!"

1

Vor Mailands Toren verhallt das Kampfgeschrei.
Bei Toten und Sterbenden liegt ein wunder Held.
Seine Augen blicken hinauf ins Himmelszelt,
Eine abendgoldene Wolke zieht still vorbei.
Er stöhnt. Warm rinnt sein Blut in den rissigen Grund.
O lange Qual!
Horch, Hufgetrappel klingt nah,
Der Schatten fliegt voran, nun sind sie da,
Sie halten, –
„Hie Waibling!" stammelt sein blasser Mund.

Und der Erste, der mit dem langen Feuerbart
Springt ab: „Heinz Wiedberg, mein alter Spielgesell,
Zu Tode wund!
Ihr Herren, bergt ihn schnell
Der heut für meine Sache zum Ritter ward.
Mit eignem Blute schon schrieb er den Wappenspruch
Aufs staubige Schild. Lasset die Schrift mich sehn!
Ein gutes Wort! Da soll es ruhmvoll stehn
Bis der letzte Wiedberg liegt im Leichentuch:

„Ein Wölkchen kam und es wird vorübergehn!"

2

Durchs grüne Donautal treibt trüber Rauch.
Der Meiler Glaubenshaß schwelt weit durchs Land.
Die fremden, schwarzen Köhler schüren den Brand.
Ums Schloß zu Wiedberg flüstert und raunt ihr Hauch:

„Was sucht der Ketzer hier? Sein Eigentum –
Des Kaisers ist es. Landflüchtig soll er sein,
Er und sein Fleisch und Blut. Und alles was sein,
Wir nehmens, uns und Habsburg zu Macht und Ruhm!"

Der Graf von Wiedberg schreitet am Wanderstab
Hoch auf dem Berggrat. Mühselig an seiner Seit
Geht seufzend die Frau. Schwer hängen an ihrem Kleid
Die blonden Kinder. Sie späht in das Tal hinab:
„Sieh, sieh!" Aufweinend schreit sie es, jäh und schrill:
„Die Scheunen brennen! Das Dach! Das muß ich sehn,
Von unserm Turm der fremden Fahne Wehn!"
Er stützt sie. Er führt sie.
„Halte dem Herren still!

Ein Wölkchen kam und es wird vorübergehn!"

3

Über das blutige Feld von Belle-Alliance
Des wilden Gewittersturms Fanfare gellt.
Durch den trüben Morgen schimmert Zelt an Zelt,
Und schimmert rötlich daraus der Kerzen Glanz.
Unter der Kerze liegt auf blutiger Streu
Heinz Wiedberg, der Fähnrich, in bittrer Todesqual.
Und leise spricht ihm zu Häupten der General:
„Er war wie alle Wiedbergs, tapfer und treu.
Ich bin sehr alt. Ich sah sein edles Haus
Zweig um Zweig, blühen in Glück und Macht.
Ich sah sie, Zweig um Zweig, verdorren sacht.
Nun zog der letzte Wiedberg mit mir hinaus,

Ein Knabe, – –"

Über den Sterbenden neigt sich der Greis.
Die blauen Augen starr in die seinen sehn
Und der letzte Wiedberg spricht: – o kaum zu verstehn!
Wie wurde die frohe Stimme heiser und leis –

„Ein Wölkchen kam und es muß vorübergehn!"

Im Windstoß klirrte Blei und Glas,
Aufsprang die Winterraute,
Die Kerze züngelte, blakend und blaß
Und Peter Harden schaute
Wie es raschelnd flog wie ein welkes Blatt
Taumelnd vom Wind getrieben
Auf das offene Hauptbuch, das vor ihm lag
Und löschte, was er geschrieben.
Er griff danach und zögerte doch
Schaudernd in jähem Erbleichen,
So staubig war es, so fleckig und kraus,
So still die Gasse, so stumm das Haus,
Fremd waren Schrift und Zeichen:

„Peter Harden, nun sind es sechzig Jahr
Daß von früh bis spät Du schafftest
Und rechnend und schreibend an Deinem Pult
Gold und Schätze rafftest.
Du ließest die Augen auf und ab
Auf den Zahlenreihen gehen, –
Und wäre doch besser, Du hättest statt des
Nach Deinem Kinde gesehen.
Beim Rauschen des steifen Pergaments,
Bei der Feder lautem Kratzen
Vernahmst Du nicht was von jedem Dach
Seit Pfingsten pfeifen die Spatzen.
Man wispert es leis im Artushof,
Man raunt es in den Kontoren:
Die blonde Barbara Harden hat
Ihr Jungfernkränzel verloren.

Alle jungen Knaben der Hansestadt
Die dunkel von Aug und Haaren
Deines blonden Engelsgesichts
Heimliche Liebsten waren.

Ich selber schwang das Geschlechterkind
Bei Dudelsack, Flöte und Geigen
In der Schifferschenke am Frauentor
Halbtrunken im tollen Reigen.
Sieben Nächte hat sie mich sehr geliebt.
Süß war ihr Küssen und Kosen.
Seit gestern aber ist sie der Schatz
Eines welschen Matrosen.

Peter Harden, hör auf bis in die Nacht
Deines Reichtums Ziffern zu buchen.
Du brauchst heute nicht am Hafenkai
Deine saubere Tochter zu suchen.
Bei den Jahrmarktsbuden am Dominickswall
Feiert heut Dein Gesinde, –
Wer sah den Gast der zu Dir kam?
Wer schläft bei Deinem Kinde? –"

Peter Hardens Antlitz blieb unbewegt
Als er den Brief geendet.
Langsam hat er im Kontobuch
Seite um Seite gewendet.
Er zählte die Zahlen noch einmal nach
Bedächtig und ernst wie immer,
Schrieb Finis drunter und Namenszug
Beim flackernden Kerzenschimmer.

Geldkatze zog er und Schlüsselbund
Aus samtener Gürteltasche
Und kniete nieder an dem Kamin
Und blies in die glühende Asche.
Die blauen Adern auf seiner Stirn
Schwollen, bis fast sie zersprangen.
Da hat das Feuer unter dem Rost
Zu flackern angefangen.
Acht eichene Scheite nahm er dann
Und hielt sie in die Flammen.
Dann nahm er Scheite und Schlüsselbund
Und biß die Lippen zusammen.

Von Sankt Kathrinen schlugs Mitternacht.
Im Hardenhaus an den Wänden
War ein tastendes Knistern aufgewacht
Wie von heißen Unholdshänden.
Das kreischende Haustor schloß ein Mann
Und schritt durch die Speicherstraßen.
Des jagenden Wetters wilder Sturm
Trieb ihn hinab die Gassen.
Er wandte sich einmal, als durch den Sturm
Verlorene Schreie gellten
Und strich den Bart, als am Hardenhaus
Sich jäh die Fenster erhellten.

Über Beischlag und Stufen hinab
Stürzten die Handelsherren.
„Beiseite, betrunkenes Jahrmarktspack!
Wer will den Weg uns sperren?

Es kam über unsere Kaufmannschaft
Mit dem Wetter Unheil geflogen, –
O hört es! Drüben am Rathaustor
Wird die alte Glocke gezogen!"
Sie liefen weiter. Feuerschein
Leuchtete ihren Pfaden.
„Der Blitz schlug ein an der ‚Goldenen Axt',
Möge Gott Peter Harden genaden!"
Doch weiter, immer noch ruft und weint
Die Glocke in wimmernder Klage –
Ein einziger Ruf: „Peter Harden, Du?!"
Stille.
        Und einer sprach: „Sage!"

Peter Harden sah sie lange an.
Seine hageren Hände hielten
Die goldene Kette an seinem Hals
Drauf blitzende Lichter spielten.
Dann trat er herab. Sein Ratsherrntalar
Streifte die Sandsteinstufen.
„Verzeiht, daß ich aus Schlaf und Traum
In Wetter und Wind Euch gerufen.
Doch kann ich nicht in den Rathaussaal
Mit Euch zusammen schreiten.
Vorüber für Peter Harden sind
Der Ehre glückliche Zeiten.
Ihr werdet in Euren Kontoren nicht mehr
Mein breites Siegel erbrechen.
An keiner Börse mehr wird man mit Stolz
Meinen alten Namen sprechen.

Nun höre mich Stadt, nun höre mich Rat
Bei dieser Glocke Schlagen:
Gerechte Klage hebe ich an, –
Peter Harden will ich verklagen!

Ich klage, klage zum erstenmal:
Ich habe mein Kind verdorben,
Die einsame Magd, ich sah sie nicht,
Erworben hab ich, erworben!
Ich sorgte nicht ob zu Messe und Beicht
Schritten die jungen Füße, –
Und ein Mädchenfuß weicht rasch vom Weg
Und verstohlene Wasser sind süße.

Ich klage, klage zum andernmal:
Als ich hörte von ihrer Schande
Selber legt ich das Feuer an
Zu meines Hauses Brande.
Sehr sorgsam schloß ich Türe und Tor.
Meine Tochter und ihr Buhle
Fuhren in ihren Sünden hin
Zu Gottes Richterstuhle.

Hans Daniel Quandt, meine Kette nimm, –
Wohl trug ich sie in Ehren.
Schöffe Rohde, zieh ab meinen Siegelring, –
Es ist als wollt er sich wehren.
Schon neigt sich der Kran, schon stürzt das Gebälk
An dem Giebelhaus meines Geschlechtes –
Richtet Ihr Herren, sein letztes Blut
Nach den Satzungen unseres Rechtes!

Und wenn Ihr nach Lübeck zur Tagfahrt geht
Und einer liest meinen Namen
An der Schonenbank, wo mein Wappen steht, –
Für mich und die Asche die dort verweht
Fürbittend sprecht ein stilles Gebet, –"
Da sagten die andern:
„Amen!"

Die schöne Dore van den Damm
Vorm Spiegel stand im Kerzenlicht.
Sie sang: „Mein Haar ist lang und licht
Und dunkel ist der Schildkrotkamm.
Viel harte Taler ist er wert.
Es hat des Krämers Angstgesicht
Den blanken Bettel heiß begehrt,
Doch die van Damm bezahlen nicht:
All unsre Truhen sind geleert.

O Mond, wie leuchtend du uns schienst,
Da Nacht für Nacht der breite Fluß
Von Finnland und vom Kaukasus
Die Triften trieb in unserm Dienst!
Die Stämme glitten Floß um Floß
Lautlos vorbei an Brück und Boot.
Der Knechte Lämpchen glühte rot.
Und diesen stummen Riesentroß
Zwang banngleich unsres Golds Gebot.

Nun schlummert mit zerfallnem Tor
Der alte Lagerhof am Kai,
Nur noch des Nachtgevögels Schrei
Hallt spukhaft her aus Ried und Rohr.
Morsch ward des grauen Schuppens Dach
Drauf lustig einst der Teer gequalmt.
Hoch wogt das Gras, vom schweren Schlag
Der harz'gen Last nicht mehr zermalmt.

Von unserm Namen redet man
Flüsternd, sowie im Dämmergrau
Man spricht von einer schönen Frau
Die alt ward und nicht sterben kann.
Noch will es nicht in unsern Sinn,
Der nie der Lust und Pracht ward satt,
Daß Gold, die gelbe Buhlerin,
Die van den Damm verlassen hat.

Es glänzt mein Haar im Kerzenlicht
Wie heller Flachs am Rocken gleißt,
Doch kommt kein Freier der es preist
Und Myrt und Perlen darein flicht.
Die Bilder an den Wänden sehn
Im Flackerlicht so groß und bang, –
Mir ist ich hör ihr Wispern gehn:
‚Wie kann ein Stern vor Untergang
In solchem hellen Glanze stehn?'"

DAS BEGRÄBNIS

Auf der Gasse vorm Giebelhaus
Drängten sich gaffende Leute,
Über den Strom durchs Sturmgebraus
Klang das Sterbegeläute.
Es hingen halbmast, wie von Tränen erschlafft,
Die Fahnen im Regenschauer,
Der alten Hansestadt Kaufmannschaft
Trug um Daniel Ovander Trauer.

Zum erstenmal sah ein Werkeltag
Daß auf des Schreibpults Leder
Verstaubt und still das Hauptbuch lag
Und müßig am Tintfaß die Feder.
Die goldne Brille lag obenauf
Im perlgestickten Futtrale,
Keine hagere Hand schlug die Seiten auf,
Rast hielt sie zum ersten Male.

Weit offen standen überall
Die Türen, die tannenbekränzten,
Und droben im verdunkelten Saal
Die silbernen Leuchter glänzten.
Im eichenen Sarge schlief immerzu
Bei zitterndem Kerzenscheinen
Hans Daniel Ovander in tiefer Ruh,
Bewacht vom Grame der Seinen.

Er hörte nicht mehr draußen im Flur
Der alten Standuhr Schlagen,
Und nicht mehr wie durch den Torweg fuhr
Zum Speicher Wagen um Wagen.

Die Ballen und Kisten schlugen schwer
Gegen die grauen Wände,
Das Rufen der Kutscher und Knechte klang her –
Er schlief, gefaltet die Hände.

Und man trug ihn als sich der Tag gewandt,
Hinunter die breite Treppe,
Über Tannen und Kalmus und weißen Sand
Fegte des Bahrtuchs Schleppe.
Und hinter dem Sarge des Vaters schritt
Und gab ihm das letzte Geleite
Seine Erstgeborne, die schöne Brigitt,
Im düsteren Trauerkleide.

Stolz schritt sie und finster. Einmal nur
Ihrem Auge die Tränen kamen,
An der braunen Türe drunten im Flur
Fehlte das Schild mit dem Namen.
Über Geländer und Tannengewind
Griffen tröstende Hände herüber,
Aber schweigend schloß Daniel Ovanders Kind
Die Lider und schritt vorüber.

Es hielten die Träger sekundenlang
An der Eisentür am Kontore.
Es grüßten den Chef zum letzten Gang
Die Schreiber und die Faktore.
Dann schwankte der Sarg in den Regen hinaus,
Die Stufen schrieen und knarrten.
‚Nun geht der Herr aus seinem Haus',
Sprachen die draußen harrten.

DER SOHN DER SEE

Die Danziger Sage von Paul Beneke

An Peter und Paul vor Hela es war,
Sacht ging die See und der Mond schien klar.
Ihre weißen Segel weit gebauscht
Kam die ‚Schöne Katrin' in die Bucht gerauscht.

Sprach Ratsherr Beneke, der droben stand,
„Noch seh ich nicht Strand, noch seh ich nicht Land,
Doch bald über Danzigs Wälle hinaus
Grüßt Sankt Mariens getürmtes Haus!
Meine bunten Speicher am Großen Krahn
Sperren die Luken auf bei meinem Nahn, –
Doch nicht Speicher noch Haus birgt bestes Gut!
Wohl trägt meine Schwester Erbe und Blut,
Doch von Bergens Brücke zu Naugards Kontor
Verklingt mein Name an Haff und See,
Trägt man mich einst aus Tür und Tor
Heißt's: Beneke heut und dann nimmermeh!"

Und wie der Ratsherr es leise sprach
Da zog es weiß seiner Kogge nach,
Da hingen die Segel schlapp und tief
Und Kurt Bokelmann, sein Käpten, rief:
„Der Nebel kriecht wie Milch so dicht,
Ich seh das Feuer von Hela nicht,
Es bäumt sich hoch das gute Schiff,
Es knirscht vorm Bug als stieße ein Riff,
Es splittert da unten wie Holz am Strand, –
Gottsdonner, die haben wir überrannt!" –

Kurt Bokelmann stürzte treppab nach vorn,
Heulend schrie das Nebelhorn.
Sie riefen, sie pfiffen, sie schwenkten ein Licht, –
Doch Antwort kam aus der Tiefe nicht.
Und jach sprang auf ein frischer Wind
Und der Nebel zerriß wie ein Laken zerreißt,
Und wo um die Trümmer der Strudel kreist
Eine schaukelnde Wiege sahen sie
Und in der Wiege ein schlafendes Kind!

Herr Beneke hob die Hand zum Schwur:
„Meine halbe Ladung und Geld und Gut
Dem, der das Kind holt aus Gischt und Flut!"
Kurt Bokelmann rief: „Ich wünsch mir nur
Des Ratsherrn Beneke Schwäher zu sein!
Und krieg ich die blonde Katrin zu frein,
Wie ein Fisch so schnelle ich über Bord!"

Er sprang und er sank und er tauchte auf
Und griff das wehende Wiegenband
Und packte den Knaben mit fester Hand.
So blank und nackt wie ein Fisch er war
Und bernsteingelb sein lockiges Haar, –
Weit trugen die Wellen die Wiege fort, –

Der Käpten klomm pfeifend die Leiter herauf
Und legte das Kind in Herrn Benekes Arm.
Der Marderpelz war weich und warm
Und das Kind schlug groß seine Augen auf, –

Da sprach der Ratsherr: „Kurt Bokelmann,
Noch ehe Du frühe auf Freite gehst,
Du bei Paul Beneke Pate stehst!"
Und der Knabe lachte und blickte ihn an.

– – – – – – – – – – –

Um den purpurnen Turm von Sankt Marien
Im Abendlichte die Schwalben schrien.
Unter blühenden Linden, gaßab, gaßauf,
Trieb spielend und lärmend ein Jungenshauf.

Unter Feuerbohnen und Geißblattgerank
Herr Beneke saß auf der Beischlagbank.
In schwarzer Schaube, den Stab in der Hand,
Vor ihm der greise Magister stand.
Und der Alte fragte und blickte verstört:
„Schlimmes Gerücht läuft um in der Stadt
Daß der Däne siegte am Kattegatt, –
Hat keiner von Eurem Sohn gehört?!
Wohl war er wild, wohl war er faul,
Doch so hell sein Blick, seine Stirn so rein, –
Wird nie kein Schüler mir lieber sein
Als der wilde Paul!
Immer seh ich vor mir sein Jungensgesicht, –
O man schickt ein Kind in den Orlog nicht!!"

Herr Beneke strich den braunen Bart,
Er blickte freundlich den Greisen an.
„Will ein Schiffer auf Große Fahrt
So fang er frühe zu segeln an!

An Peter und Paul sind es fünfzehn Jahr
Daß den Sohn mir schenkte die salzene See.
Und als er am Ostertag von mir ging,
Den Türsturz streifte sein gelbes Haar.
Mein altes Herz war wund und weh,
Von seinem Druck noch schmerzte die Hand
Die eben die junge Hand umfing, –
Und wie er lachend vor mir stand
Ich wußte, wie tapfer sein jung Herze war
Und wußte, wie froh er zum Kampfe ging!

Und kam keine Botschaft von Seeland her,
Und ward im Sund eine Schlacht geschlagen, –
Getrost doch blieb ich in bangen Tagen,
Den Tapfern liebt Gott, – und liebt das Meer!"

Und als er noch sprach, klang Lärm und Rufen
Und der Jungen wildes Jubelgeschrei.
Aus allen Gassen lief es herbei,
Es klapperte laut von Pantinen und Hufen
Als der Reiter sprang auf die Beischlagstufen.
Und sie riefen:
„Ratsherr, hört ihn an,
Euren Schwestersohn, den Fritz Bokelmann!"

„Ohm, mit dem Dänen ist es vorbei!
Über See und Sund
Ein Name ist heut in aller Mund!
Paul Beneke!

Hoch stand an Bord der Admiral
Unter dem wehenden Danebrog.
Über die grauen Wogen flog,
Nun hoch in den Gischt, nun tief zu Tal,
Mit prunkendem Bug das Orlogschiff.
Und es folgten ihm rauschend über die Wellen
Die Segler, die Koggen, die Karavellen!

Wir standen zusammen, ich und er
Paul Beneke und Fritz Bokelmann,
Und er sagte ‚Ol Jung', – und lachte mich an, –
‚Nun ist's wie es einst auf dem Schulhof war:
Wer heute nicht will für Danzig streiten
Muß viel Hiebe und Schimpf erleiden!'

Rauschend rollten die Brecher an,
Rauschend kam der Däne heran.
In unserm Segel der Wind sich fing,
Und es flog davon wie ein Vogel fliegt
Und immer enger wurde der Ring, –
Wie Möwenschwarm auf den Wellen sich wiegt
So wiegte der Feind sich, Schiff an Schiff.

Doch der Paul stand ruhig und sang und pfiff
Und ich sah, wie seine Axt er schliff.
Und über uns, drohende Wolkenwand,
Des feindlichen Flaggschiffs Großsegel stand!

Und ich sprang ihm nach in die kochende Flut,
Ich trieb mit ihm in der salzenen See
Und packte das Tau, das war rot von Blut,
Und ich folgt' ihm bordauf wie ich folgte von je –

Hoch stand am Mast der Admiral
Unter dem wehenden Danebrog,
Als ein blinkendes Beil die Luft durchpfiff,
Als das Wasser an Leck und Luke sog,
Als zwei sich neigten mit einemmal
König Christians Kaptän und das Orlogschiff,
Als der Mast versank und die See ihn verschlang!

Wir rangen im Wasser, Mann gegen Mann,
Der Schaum auf den Wellen flockte rot,
Rauschend rollten die Brecher an,
Auf kreisendem Mahlstrom tanzte der Tod,

Und wie sie uns fischten aus treibendem Boot,
Als wir droben bei den Unsern standen
Und das Wasser aus Haar und Jacke wanden, –
Wir spähten nach West, wir sahen nach Nord, –
Doch die See war leer.
Da schrie Paul Beneke laut von Bord:
‚Für Danzigs Ruhm und der Väter Ehr, –
Unser der Sieg und das freie Meer!'"

– – – – – – – – – –

Speicher schliefen und Giebelgassen,
Wolken zogen über den blassen

Mond, grell kreischte die Wetterfahne.
Dunkel das Tor und leer der Kai.
Nur aus der Schenke am Großen Krahne
Kam allein noch Lärm und Geschrei.

Aufsprang ein Fenster. Rot schien das Licht
Bis zu der schlafenden Kogge Bug.
Er stand im Schatten und rührte sich nicht
Der den schwarzen Mantel um sich schlug.
Mitternacht riefen Sankt Marien
Und des Wächters Horn und Sankt Katrin.
Doch die drinnen gröhlten und klatschten und schrien:
„Jan, Du kriegst Mumme, Du kriegst einen Korn, –
Aber sing uns nochmal Dein Lied von vorn!"

Sie drängten sich um den Eichentisch
Als der trunkene Maat auf die Platte sprang,
Sie hielten die blonden Weiber gepackt,
Sie stampften mit Bechern und Stiefeln den Takt.
Und Jan schob fort das Brot und den Fisch
Wie er im Singen sich wiegend schwang, –
Und der draußen im Schatten blickte hinein
Und nickte leise als jener sang:

„Wer kann es sein?!
Wer kann es sein?!
Aus dem lecken Boot im Abendrot
Hißten sie ihn auf den Englischmann,
Der kaum die Finger rühren kann,
Der arme alte Fahrensmann!

Er kroch mit der Krück zur Kommandobrück,
‚Ach, Käpten, gebt, ich leide Not,
Eine Kumme Supp, einen Brocken Brot,
Mir armem alten Fahrensmann!'

Drei Schlag Suppe fraß er auf,
Er kroch auf Deck wohl ab und auf,
Er warf sich hin auf das harte Tau,
Und der Steuermann nahm es nicht so genau:
‚Laßt schlafen, wer immer schlafen kann,
Den armen alten Fahrensmann!'

Kalt war die Nacht und dunkel und still, –
‚Laß immer schlafen, wer schlafen will', –
Kein ‚Reise! Reise!' hörst Du nicht
Wenn das Messer Dir in die Rippe sticht!
Und friert Ihr auf Deck zu Stein und Bein,
Ein warme Supp, die rührt ich Euch ein!
Ich gieß Euch Euer Silvesterblei
Und geb die Deutung gleich dabei
Besser, als Hexe sie sagen kann, –
Ich armer alter Fahrensmann!

Laß morgen kämpfen, wer kämpfen kann! –
Wie ein Klotz liegt Euer Englischmann!
Der dicke Käpten und seine Kru
Sehn stumm und glotzend wie Fische zu
Wenn ich steige an Deck und nehme weg
Euren ‚John' wie die achtzehn Schiffe zuvor
Die das stolze England an mich verlor!

Und leg ich Dich, Käpten, in Ketten schwer
Wie Londons Lord-Major,
Und geht Danzigs Flagge hoch am Mast, –
Dann weißt Du, es hat auch Dich gefaßt
Der junge, der dütsche, der Fahrensmann
Paul Beneke!"

Sie schrieen, sie lachten, sie sangen mit.
Auf den roten Fliesen dröhnte der Schritt
Ihrer hölzernen Klumpen.
„Wer kann es sein?
Wer kann es sein?!"
„Jan, wir spendieren Dir spanischen Wein
Und flamschen Genever, alle beide,
– Noch niemals ließ sich ein Danziger lumpen! –
Doch nun sing noch: so klein
Fuhr der ‚Peter von Danzig' durch Sturm und Regen,
Dem Feind entgegen,
Der ‚Großen Galeide'!"

Und der Trunkene rief:
„Ich hab sie gesehn
Wie ein Weib ihre weißen Segel blähn!
Sie log wie einer Hure Mund,
Sie führte die Lilien von Burgund
Sie führte die Flagge Englands nicht,
Sie trug im Bauch das eigne Gericht!
Und sie ging zu Grund und ich war dabei
Und ich hörte im Sturm den Todesschrei
Der ‚Großen Galeide'!"
– – – – – – – – – –

Speicher schliefen und Segelkähne,
Wasser schlug an Bollwerk und Bug,
Aus der jagenden Wolken Flug
Kam das Rufen der wilden Schwäne,
Licht aus der Schänke schien grell und rot,
Glöckchen rief scheppernd zur Morgenmette,
Kerze glomm in des Wächters Haus.
Da klirrte leise am Pfahl die Kette,
Da sprang ein Mann in das schwankende Boot
Und kreiselnd trieb es die Strömung hinaus!

Über den Speichern der Mond versank,
Hafen und Krahn im Nebel ertrank.
Kanzelhäuser und Wallbastionen
Tauchten auf aus dem milchigen Meer,
Baken und graue Weidenkronen
Schwammen gespenstisch drüber her.
Nur der Turm von Sankt Marien
Ragte, riesiger Mast heraus,
Fahl im Frühlicht die Ostwand schien
Und glitt vorüber und Seevögel schrien
Und fernher klang das dumpfe Gebraus
Der Brandung am Strand.
Auch das verhallte,
Nichts blieb als Dünung, die atmend wallte
Und sanft wie Gangeln das Boot erhob
Und Nebel, der weiß wie Gischt es umstob.

Da sprach der Mann:
„Wie Kienrauch treibt es im frühen Wind,
Im Nebel geistert ein wanderndes Licht.

Doch ich sehe die Dünen von Hela nicht,
Ich treib mit der Flut wie ein Wiegenkind!

Grünäugige Ostsee, höre mich an!
Zu Seefahrt und Kampf aus Dir geboren
Wuchs ich auf in der Hansestadt Toren.
Unter Danzigs Flagge kämpfte ich,
Den üppigen Dänen dämpfte ich.
Das niemals noch eine Seeschlacht verloren,
Das stolze Albion, bekriegte ich,
Den britischen Leu besiegte ich.
Von der Schelde bis zu den Schären
Frei ward die See, frei ward der Strand, –
Konnt' kein Feind mehr Seefahrt verwehren
Deutschem Schiffer der Waterkant!

Vergessen der Streit.
In anderer Zeit
Seeadler, für Meer und Freiheit geboren,
Zu lange hockt ich in dumpfen Kontoren,
Zu lange schleppt ich die goldene Kette
Tagfahrt, Börse und Holkenbank,
Hauptbuch und Siegel, Speicher und Bette,
Ruhm, der wie Kiefer im Sand versank –

An der Küste von Flandern,
Ohn Segel und Mast, von der Tide erfaßt,
Liegt der ‚Peter von Danzig', schwimmender Sarg.
Teuerste Ladung die je er barg,
Schläft drin mit den Andern, –

Die Knochenhand noch am Steuerruder –
Mein bester Mann, Fritz Bokelmann,
Mein Freund und Bruder, –

Sturm springt auf. In wilder Flucht
Treibt der Nebel über die Bucht,
Dunkel läuft es von Kimmung zu Boot,
Weiß flockt der Schaum über Wellenhügeln.
Auf schimmernden Flügeln
Tragen Möwen das Morgenrot!

Schneller naht es als Möwenflug
Das schwarze Schiff ohne Segel und Mast,
Zerborsten die Spanten, zerspellt der Bug!
Kein Schiffsjung singt, keine Flagge winkt,
Keine Glocke ruft dem stillen Gast,
Keine Leiter fällt, keine Riemen gehn, –
Aber alle an Bord, Mann für Mann,
Sah ich im Kampf mir zur Seite stehn
Und sah sie fallen, – –

Und der am Steuer blickt mich an,
Bester von allen!
Habt lange geharrt, getreu wie je!
Wieder mit Euch geht auf Große Fahrt
Paul Beneke von Danzig,
der Sohn der See!"

1

An der blühenden Forsythiahecke
Geht in einem mohnroten Seidenkleid
Die Prinzessin Frühling.
In dem geschnitzten Pavillon
Sitzen ihre sechs Hofdamen
Wie große blaue Schmetterlinge
Und singen leise zur Laute.

Die Prinzessin Frühling
Wiegt sich im Gehn nach dem Takt ihres Liedes.
Die Sonne scheint auf ihre Hände
Die zart sind wie aus Milchglas.
In ihrem lackschwarzen Haar,
Hochgetürmt auf dem schmalen Haupte,
Blitzen die Schildkrotnadeln und das Gehänge
Aus blassem Silber und türkisblauen Vogelfedern.

2

Reglos, gefesselt bin ich Tag und Nacht,
Meine Gedanken aber eilen
Immer nach meiner Heimat
Wie ein verspäteter Wandrer.
Abends wenn ich wach liege in dem dunklen Kerker
Sehe ich wie die Sichel des Neumonds
Aufsteigt über dem geschweiften Dach meines Hauses.
Ganz in purpurner Dämmrung liegt die Veranda,
Nur in der Nische glänzt das Heiligenbild aus Porzellan.

Im Garten öffnen sich die großen geflammten Lilien
Und langsam schließen sich die runden Kürbisblätter
Wie der Fächer einer müden Frau.

3

Die Kaiserin-Mutter von China
Fährt auf der Dschunke mit dem seidenen Segel
Den gelben Fluß hinunter.
In den überschwemmten Reisfeldern
Waten hochgeschürzte, gebeugte Frauen
In geflickten blauen Kitteln. Eine Junge
Sieht der Dschunke nach und trocknet
Ihre lehmbedeckten, rissigen, braunen Hände.
Die alte Kaiserin sieht es und lächelt.
Sie denkt ferner Tage da sie jung und arm war,
Da die Furchen ihrer Hände schwarz waren von Staub.
Mit langem zärtlichen Blick
Sieht sie auf ihre Hände, die müßig
Auf den gestickten Falten der gelbseidnen Decke liegen,
Zartgeädert wie die Blätter einer welkenden Rose.

SCHEHERASADE

Der Sultan nickte, stumm und schwer,
Es blitzte im Ampellichte
Sein nacktes Schwert bis zu ihr her,
Und sie sprach: „Dies ist die Geschichte

Von Sonne-im-Wasser, der Königin,
Die der Khan der Khane begehrte,
Er zog durch Wüste und Felsen hin
Und warb mit seinem Schwerte.

Die Laute zersprang, die die Taten besang
Auf seinem Siegeszuge,
Es braucht der Rokh zehn Jahre lang
Zu folgen seinem Fluge,

Und würd ich erzählen hundert Jahr,
O Sultan, ich kann Dir's schwören,
Als ob ich selber um ihn war, –
Du kannst das Ende nicht hören.

Denn es glaubte der Khan, – denn er war ein Mann, –
Es könnte das Schwert erringen
Was Liebe allein nur finden kann:
Die Blume blau, und das Herz einer Frau,
Und der wilden Schwäne Singen, –"

Die Ampel losch im Morgenzug,
Weiß leuchteten Mauern und Pfade.
Aus den Wipfeln rauschte der Krähen Flug,
Und klirrend sein Schwert zur Erde schlug
Und er lachte:
„O Scheherasade!"

DIE GÖTTER INDIENS

Wir sind die Götter Indiens, die von Ewigkeit waren,
Jede Blüte in unsern Kränzen ist eine Million von Jahren.

Wir wohnen im Schrein am Palmenhain unterm flimmernden Sternenzelt.
Wir thronen in der brausenden Stadt, im Nabel der Welt.
Wir träumen in dämmender Grotten uralt versteinerten Waben
Bei der Dirnen klirrendem Zimbelschlag, beim Summen der Priesterknaben.
Vom Weihrauch umqualmt, von Butter gesalbt, beim Brüllen des Muschelhorns,
Wir dürsten nach Blut in der weißen Glut unseres lechzenden Zorns.
Unsre hundert Arme gleißen und glühn wie des Sonnenrads Speichen,
Auf Stirn und Nabel leuchtend sprühn der Gottheit heilige Zeichen.
Unsre tausend Brüste quellen von Milch, unsre Glieder strotzen von Samen,
Wir sind's, die am ersten Schöpfungstag aus dem gärenden Urschlamm kamen.
Im dampfenden Dschungel paarten wir uns wenn der Himmel in Blitzen birst,
Mit den schuppigen Kindern der Ströme und der Wälder trompetendem Fürst –

Wir sahen die Reiche der Welt vergehn wie Frühlingsregen verrinnen,
Wir sahen im Lotos den milden Gott, versunken in Sinnen.

Wir haben den stillen Buddha gehaßt, wir hassen den Nazarener,
Sein Joch ist sanft, seine Last ist leicht, er ist arm und geduldig wie jener,
Seine weißen Kinder verachten uns, sie verachten die zu uns beten, –
Doch der Staub unter ihren Füßen wird sie wie Staub zertreten.
Aus der Erde, die unser Willen hob aus der Südsee strudelnden Tiefen
Sprießt fruchtbar wie der heilige Reis der braune Mann, den wir riefen.
Seltsame Früchte, verderblich und süß, die die blassen Fremden nicht kennen,
Sind die Begierden des braunen Manns, die im Blut ihm brennen.
Und ewig wie seine Begier sind wir –
Indiens Götter, die ewig waren –

Jede Knospe in unsern Kränzen ist eine Million von Jahren.

ENGLAND (1918)

Weißbrüstige Tochter Alfreds
die ihm die Keltin gebar,
Zerreiße den dreifachen Kranz,
zerraufe dein rotbraunes Haar,
Es summen die Zeppeline: „Wir sind Zorn und Gericht.
Deine Lust, deine List und Herrlichkeit, –
alles wird zunicht!
So spricht dein Bruder Deutschland,
hör es in Gram und Scham:
Jedes Volk hat seine Stunde,
und meine Stunde kam!"

Sie saß am Pool von London,
sie blickte über die See:
„Was immer durch salzige Woge rauscht,
jeder Kiel ist mein von je:
Von Sonnenaufgang bis Niedergang,
jede steigende Flut
Trägt meinen Docks und Häfen zu
der Menschheit Hab und Gut.
Was immer die Erde trägt, –
Wert hat es nicht
Eh mein Stab es maß, meine Waage erst
bedächtig prüft sein Gewicht.
Und fährst du um die Welt –
so weit ist Keiner gereist,
Daß er das Reich und Volk noch fand,
das meine Hand nicht speist.

Von Hamburg bis nach Hankau,
von Kanada bis zum Kap,
Ich spreche ihnen das Leben zu,
Ich spreche es ihnen ab.

Die Fürsten der Erde traten
zum Kampfe vor mich hin:
‚Hervor aus deiner Inselburg,
du Jungfrau Königin!'
Die Fürsten der Völker alle
zwang ich aufs Knie,
Ich zwang den grauen schlauen
Korsen, der größer als sie!
Ich worfle den Weizen Pharaos
in meiner hohlen Hand,
Ich trage das Zepter Akbars
und den blauen Krondiamant.
Ich halte der heiligen Ströme
Damm und Wehr,
Meine ehernen Schleusen versiegeln
das flutende Meer – –
Oh, was war Assur und was war Rom?
Sie säten und ich fuhr ein –
Meinesgleichen sah die Sonne nicht,
Meinesgleichen wird nie mehr sein!"

„O Jungfrau Engelland,
überhebe dich nicht!
Sieh, wie mir Krone und Schwert
in den Händen zerbricht.

Meine Stunde war gekommen
als der Arm mir sank.
Zuviel meines Blutes
der fremde Boden trank.
Die Tore des Ostens klirrten –
ich sah sie offen stehn.
Zu müde war mein Fuß
um neue Wege zu gehn.
Über die Steppen reitet
Einer, der heißt Tod,
Hunger heißt sein Gaul, Gram sein Hund, –
seine Sense mäht rot,
Furcht und Dunkel fliegen vor ihm,
seine Raben, –
Schwester England,
wer wird mein Erbe haben?"

Sie saß am Pool von London,
sie blickte über die See.
„Es ruft durch Nacht und Dunkel,
es ruft in Not und Weh.
Gott blies in die Völker drüben
daß sie quirlen wie Dünensand,
Wenn die Nacht verging, der Sturm verbraust –
was wird stehn wo Deutschland stand?
Bruder, die Flut umwandert die Welt,
sie verschlingt dein Schrein –
Die Wege im Land, die Wege im Meer
werden ohne dich sein! –

Doch schlagen die Wellen zusammen
über meinem letzten Kiel,
Dann bebt das Herz der Tiefe
weil England fiel.
Von den Straits bis zum Channel
erlischt meiner Türme Licht,
Das Sternenbanner stürzt,
das Kreuz auf Sankt Peter zerbricht.
Dann greifen die Söhne der Mitte
zum Wanderstab,
Dann schüttelt Kanaan
seine Ketten ab,
Dann ruft Gott selber vom Dach der Welt
bis zum äußersten Meer:

‚Heute noch einmal der weiße Mann –
und dann nimmermehr!'"

Zu dem Throne des Herrn durch das Perlentor
Stieg das Flehn der vergänglichen Kinder der Menschen empor,
Riefen sie fiebernden Herzens: „Herr über Leben und Tod,
Der zu deinem Bild uns geschaffen, hab Erbarmen mit unsrer Not!
Sieh, aus den Furchen der Felder sprießt wieder die junge Saat,
Wenn sie bleich wird zur Ernte, wo bleiben die Schnitter zur Mahd?
Die Eichen am Bergwald grünen, alle Täler stehn in Blust,
Wem winden wir Siegeskränze, wem reift das Obst zur Lust?
Aus den Toren des Himmels sandtest du Feuer und Schwert,
Wann trittst du die Fackel des Krieges aus, die unsere Marken verzehrt?
Zu dem wirbelnden Todesschwert wann wirst du sprechen: Halt ein!
Wann wirst du die Mütter und Bräute erhören, die zu dir schrein?

Du hast die Herzen der Völker wie ihre Sprachen verwirrt,
Eins steht gegen das andre, wie am Brunnen Hirt gegen Hirt.
Von den Enden der Erde führt der weiße Mann
Gegen den weißen Bruder den Samen Hams heran.
O Beute, wie sie kein Krieg noch bot – Ruhm, vor dem Ilion versunken!
O Taumelkelch, Alexandertraum, von dem alle Stämme trunken,

Dieses letzten Kampfes Preis ist wert daß ein ganzes Volk
drum fällt –
Cäsarenerbe, Krondiamant – o Herrschaft der Welt!"

Zu dem Throne des Herrn durch das Perlentor
Hallte im Lobgesang preisender Geister Chor,
Sangen aus Feuer und Luft, sangen aus Meer und Land,
Die er in Dienstbarkeit an die kreisende Erde band.

Aus rauschenden Wassern hoben sich die Töchter der Tiefen,
Die in purpurnem Schlamm, in gleitendem Sand, unter winkenden Algen schliefen,
Und sie sangen:
„Aus unserem Schoße zogst du das Land ans Licht,
Herr, deiner Erstgebornen vergaßest du nicht!
Es schwoll dein Herz vor Liebe zu uns wie die Flut bei Vollmond steigt,
Du hast dich gnädig dem stummen Flehn deiner feuchten Brut geneigt.
Du watetest, Fischer der Menschen, in alle Meere hinaus
Und warfst die Netze des Todes in See und Seen aus.
Sie sanken, zuckenden Lebens voll, tief in den schlammigen Grund,
Sie trieben, zuckenden Lebens voll, in der Ebbe lechzenden Schlund.
Die Kinder des süßen Wassers horchten auf in ihrer Nacht –
Der Todesschrei der Versinkenden übergellte das Brüllen der Schlacht,

Die Kinder des salzigen Wassers rief das Schnauben der
ehernen Wale –
Wir sahn sie im Kampf sich zerreißen und wir eilten zum
Mahle.
An den Tafeln der Menschen ludest du uns zu Gast,
Wir haben in Wein und goldnem Korn, in Fleisch und Früchten gepraßt!" – –

„Aus der Hölle brennender Städte, deren Firste stürzend
verglühn,
Singen wir Kinder des Feuers, wenn wir rot wie Mohn versprühn!
Zu dir, Herr, steigt unsrer Flammen sausendes Wehn,
Gepriesen seist du, rastlose Glut, verzehrend alles Vergehn!
Du gabst uns zu ewiger Frone hin in die Hand deines
Jüngstgebornen,
Doch Erbarmen durchzuckte lodernd dein Herz mit der
Qual der in Knechtschaft Verlornen.
Du lenktest das grübelnde Menschenhirn, du führtest die
schaffende Hand –
Und er gab uns die Macht des Zerstörens, der ans eiserne
Joch uns band.
Wir folgen dem jagenden Todesgeschoß wie eine züngelnde
Meute,
Unser alter Zwinger, der heilige Herd, ward wieder unsre
Beute! – –"

Schleifend die glänzenden Mäntel, schreitend in seligem
Reihn
Stimmten die priesterlich bleichen Söhne des Äthers ein:

„Herr, zum ersten Male hast du unser gedacht,
Gossest das Blut deines Lieblings auch für uns in der Schlacht.
Vogel mit fremden Flügeln treibt er in unserm Hauch,
Tötet und jagt und zerfleischt sich wie die anderen auch.
Doch aus Ikaros' brechendem Blick, wenn wir im Tod ihn umfangen,
Blickt uns der Rausch des Sieges an, weht in uns über Verlangen.
Unsere nie getrübte, strahlende Stirn
Spürt, was im Sterben dir trotzte in dem zerschmetterten Hirn
Bei der Propeller Orgelgedröhn stürzend in ewige Nacht, –
O Seligkeit, zu vernichten, was du zu reich bedacht!" – –

Murmelnd im Schoß der Erde, raunend aus ihren Gründen
Sangen die ewig Verborgenen, die Stummen und Maulwurfsblinden:
„Gepriesen, der unsere Zunge löst, der Herr über Tod und Leben,
Er, der uns das heilige Samenkorn in die schirmenden Hände gegeben!
Zu lange zum Opfer erhielten wir was kalt und müde und siech,
Er aber sah unser Dürsten – da nahm er die Kelter Krieg
Und er trat, der herrliche Winzer, die Völker wie Trauben, –
Da quoll der schäumende, warme Wein und floß herab an den Dauben.

Wir tranken der singenden Jünglinge Blut, hell wie der Erdbeeren Saft,
Wir tranken der bärtigen Männer im Tod entstürzende Kraft,
Wir tranken der Jungfrauen klagendes Blut, wir tranken die dunklen, schweren
Blutströme der flüchtenden Mütter, die einsam am Wegrand gebären –
Durch unsre greisen Adern kreist glühend der rote Trank,
Das heilige Gut, das wir hüten, schwillt, – o Vater, hab Dank!" – –

Zu dem Throne des Herrn durch das Perlentor
Klang der Sterblichen Flehn, klang der Unsterblichen Chor.
Über der kriegszerpflügten Erde Gequalm,
Über sterbender Völker Sterbepsalm
Sangen aus Feuer und Luft, sangen aus Meer und Land
Die er in Dienstbarkeit an die kreisende Erde band.

SÜDEN

So lange Schiffe diese Bucht befahren
Bist Du,
Prangende Küste an dem blauesten Meer,
Von Ewigkeit die Wunschbraut der Barbaren.
Zugvögel, treiben wir von Norden her,
Dein warmer Atem füllte unsre Schwingen –
Und enden, Lerchen, die im Netz sich fingen.

Nie gibst Du, dunkeläugiges Traumbild, Ruh.

Wir stürzen hin an Deine Blumenküste
In unsres Brautlaufs rasendem Todeslauf.
Und sehn
Nichts als die glühende Lockung Deiner Brüste,
Juwelenüberdeckt und unbewegt.

Wie dunkle Arme tut sich's klirrend auf.

Der Dich erzeugt aus seinen Sonnenflammen
Der mörderische Gott, der dürstende, schlägt
Zerglühend sie um unsre Qual zusammen.

Von ihres Bettes dunklen Purpurkissen
Aus fiebrigem Traume schrak Kleopatra.
Am Fenster lag, vom Morgenwind zerrissen
Ein Rosenstrauß. Sie sprach, als sie ihn sah:
„Das duftet Welken!" und in jähem Grauen
Sah sie die Marmorwände in dem blauen,
Dem fahlen Licht und rief: „Iras, wach auf!
Du mußt mir sagen, was mein Traum bedeute!
Er steigt wie Rauch an meinem Lager auf,
Verweht wie Rauch. Doch bei mir blieb er heute.
So war's:
Mir deuchte, daß stromab ich führe
In goldnem Boot den abendroten Nil.
Ein fremder Tempel drüben war mein Ziel.
Verlangend sah ich schon die eherne Türe
Und stand und hielt den Schleier in der Hand
Um Mark Anton zu winken.
Stumm fiel die Dämmerung. Ich ließ die Arme sinken.
Der Schleier glitt weiß in den weißen Sand.
Die Tür sprang hallend auf. Ein Vogel klagte,
Schwarz gähnte Dunkelheit.
Und auf der Schwelle stand
Der bleiche Julier, finsteren Gesichts –"
Und Iras fragte:
„Sahst du weiter nichts?"
„Nein, nichts."
Die Königin versank in Sinnen
Und blickte stumm und grübelnd vor sich hin.
Der Wächter Ruf kam hallend von den Zinnen.

Sie flüsterte: „Der neue Morgen graut.
Doch kam kein Bote, von Anton gesendet.
Römer, hat sich dein Herz von mir gewendet?
Hast du dich übersatt an mir geschaut?
Liebst eine andre du? Ach keine kann
Dich lieben so wie ich, geliebter Mann!
In deinen Küssen blüht mein ewiger Tag!
In deinen Armen bin ich achtzehn Jahre,
Glüh ich wie damals, da im braunen Haare
Der Rosenkranz, den Cäsar schenkte, lag,
Des Juliers Kranz –"
Sie horchte, bang und wach.
Doch Iras sprach es wie ein Echo nach
Und sagte: „Herrin, der ist lange tot –"
Und drückte ihr aufs Haupt den Schlangenreifen.
Sie schauerte. Ein Rosenblatt lag rot
Wie Blut, auf ihre weiße Brust geweht.
Sie ließ das Kleid, von Perlen übersät,
Die bunte Königsbinde, drüber streifen
Und hörte unten, auf den Porphyrstufen,
Der Tuben Schall und seiner Wache Rufen
Und, rauschend auf dem Strom, Antonius' Boot,
Und zitterte und sprach:
„Du kommst so spät – –"

Wir sind die Kinder der Kleopatra.
Gezeugt in Nächten, wenn die Nilflut schwoll
Und segenspendend flutete ins Land,
Zum Leben wachgeküßt von heißen Lippen,
Noch blutend von den Küssen Mark Antons.

Das erste Lied, des süßer Silberton
Um unsre goldnen Wiegen schmeichelnd klang,
Es war das Lied, das unsre Mutter sang
Dem, der als Zeus die sterbensselige,
Berauschte Semele zur Sonne trug.

Die Glut von ihrer Nächte Raserei
Lag schwül wie Weihrauch in den Prunkgemächern,
Darin wir spielten. Ihres Spätherbsts Sonne,
Da ihres Lächelns Süße süßer ward,
Ihr Blick ganz Demut, Liebe ihre Stimme, –
Durchschien mit hellem Licht die letzten Tage,
Da wir die wunderschöne Mutter sahn.

Antonius starb – Und an ihn angeklammert,
Noch eifersüchtig auf Proserpina, –
Starb sie dem Herren ihres Leibes nach.

Wir aber leben, unsre Jugend lacht,
Das Ptolemäerblut färbt unsre Lippen,
Und unsre Stirnen, stolz wie Römerstirnen,
Tragen den Kronreif – Cäsar, hüte dich!
Die Löwin schläft im Schoß der Pyramide.
Noch lebt die Brut, die sie geboren hat.

Wir sind die Kinder der Kleopatra!

Sie aber stand, die göttliche Mutter,
Abseits den andern, am rußigen Pfeiler der Halle
Die ihr Obdach gewährte und sah in die lodernde Herdglut.
Nickte lächelnd der Magd, die Brot und Milchkrug ihr reichte,
Schweigenden Dank, daß die Freundlich-Geschwätzge verstummte.
Und auch die andern Mägde, wie sie die Fremde
Reglos stehn sahn, dunkel und still vor dem prasselnden Feuer,
Leiser sprachen und scheu nach der Hohen nur blickten.
Auch den Knechten winkten, die laut und lachend nun kamen
Daß sie stiller als sonst zum Mahl auf der Herdbank sich schickten.

Wie nun der Herr vorbeikam, nach Hof und Ställen zu sehen
Ehe die Dämmerung fiel – da faßte ihn jähes Erstaunen.
Seltsam schien ihm die Stille statt des gewohnten Lärmes,
Der mit Liedern und Lachen sonst durch Dämmerung herklang,
Den keine Hausfrau mehr mit freundlichem Ernste gezügelt.
Und er trat auf die Schwelle der Halle. Da duckte
Winselnd sein Hund sich und wehrend – doch ohn es zu achten
Trat er hinein.
Und sah am Herde die Fremde
Keiner Bettlerin gleich. Im zerschlissenen Mantel
Furchtsam nicht, noch gebückt. Nur trauernd und einsam sinnend,
Sanft geneigt das Haupt, wie die Ähre sich neigt im Felde.

In dem rötlichen Schein der sacht verlöschenden Herdglut
Sah er den glänzenden Blick, die strahlende Stirn unterm Scheitel,
Blühender Schultern Pracht und die Hand die den Mantel drum raffte,
Sah die schwellenden Lippen sich stumm und lieblich bewegen
Wie Erinnerung formt verklungenen Namens Wohllaut –

Und so blieb ihm ihr Bild des Nachts vor den bangenden Sinnen,
Schien das Haupt zu erheben, weiche Arme zu breiten,
Ihn und sein Haus, das Herrinnenlose, zu locken
Wie man Verwaistes lockt, es warm und liebend zu hegen.
Aufstand er leise vom Lager und faßte den Riegel,
Schob ihn zurück und öffnete weit den eichenen Laden.
Denn auf der Schwelle der Kammer, weich auf ein Wolfsfell gebettet,
Schlief der skythische Knecht und regte sich ängstlich und lallend
Und fiel schlummernd zurück wie jener vom Fenster hinabsprang
Auf den knirschenden Kies hinein in das mondlose Dunkel.
Taumelnd schritt er dahin und tappte mit glühenden Händen
An den kantigen Steinen, den nächtlich kalten der Mauer,
Dann an des Feigenbaums kahlem rankenden Schlangengeäste,
Kreuzte den Hof und neigte den dürstenden Mund zu dem Brunnen

Der mit kühlem Geriesel klingend den Marmortrog füllte,
Ließ das Wasser dann rinnen über Schläfe und Nacken.

Wie er das Haupt nun zurückwarf, das triefend erfrischte,
Nach dem Speicher zu spähn in den man die Fremde gewiesen
Unter die Obhut der Amme, der greisen, die einsam dort hauste
Wie ein Heimchen getreu in der leer gewordenen Kammer,
Drin nach veraltetem Brauch sie einst mit den Mägden geschlafen –
Sieh, da stockten ihm Atem und Fuß – aus Spalt und aus Fuge
Zwischen den mächtigen Balken und unter dem lastenden Rohrdach
Schien der Speicher zu glühn als gloste drinnen ein Feuer.
Doch es trieb ihm der Nachtwind beizenden Qualm nicht entgegen,
Nur den süßen Hauch den tauigen, blühenden Getreides
Und den würzigen Duft, den warmen, glühenden Brotes.

Wie er nun näherschritt, da leuchteten glimmend die Furchen
Auf dem gewölbten Weg, es glänzte der Kranz an der Torfahrt.
Zögernd betrat er die Laube. Am schirmenden Vorbau der Kammer
Strahlte wie erzgegossen das Schnitzwerk der Säulen.
Weitauf stand die Halbtür. Er lehnte darüber und hörte

Brausend wie schwärmende Bienen sein Blut, das begehrende,
steigen.
Hörte unter sich, verhüllt in den bergenden Mantel,
Atmen die Frau, wie ein wogendes Feld sanft atmet dem
Himmel entgegen.
Doch ein Wispern war rings wie Wispern blühender Wiesen,
Glühend bewegte das Heu, bewegte das Stroh sich der Bett-
statt.
Und aus den Fugen quoll, es quoll über Sparren und Simse
Flammend in goldenem Glanz wie am Erntetag Stroh und
Getreide.
Feurigen Tropfen gleich rann das Korn aus den Ähren.
In dem sprühenden Schein zu Füßen der Fremden gelagert
Sah er die Amme ruhn, starr mit gebrochenen Augen,
Aber seltsam verjüngt von kindlichen Lächelns Beglückung.

Wankend wich er zurück, den Arm vor geblendeten Augen.
Rückwärts schritt er die Stufen hinab und die Auffahrt
Bis zu dem Hoftor hin – und fand geöffnet die Flügel
Die er am Abend doch sorgsam wie immer geschlossen.
Doch nun harrte er still, im Gebet die Hände gebreitet,
Bis im Osten der Himmel fahl und fahler sich färbte
Und der Hähne Krähn mit dem Wind dem Morgen voran-
lief.
Doch aus den Ställen kam kein Brüllen, kein Rasseln der
Ketten,
Nicht in den Angeln knarrten die Türen, es klirrte kein Eimer.
Denn in Schlummer gebannt lag Vieh und Hof und Gesinde,

Wie das Feuer der Halle kaum glühend noch unter der Asche,
Bis die Göttin erwacht.

Sie kam mit dem helleren Lichte
Lautlos schreitend, gehüllt in der Bettlerin Mantel,
Tief gesenkt das Haupt, das blonde, flechtengekrönte.
Er aber kniete nieder und rief sie leise bei Namen,
Griff ihres Kleides Saum und umfing im Kuß ihre Kniee.
Schweigend duldete sie's und wandte das bräunliche Antlitz
Sanft von ihm ab, daß nicht ihr strahlender Blick ihn verzehre.
Durch den unsterblichen Leib bei der sterblichen Liebe Berührung
Rann seiner Demut Flehn, rann seines Blutes Verlangen,
Warm wie Gewitterwind läuft durch silbern flutende Felder.

Um ihn schlug ihr Mantel, der Mantel der Göttin,
Blumenumsäumt, süßduftend und blau wie Zyanen,
Weiter und weiter sich breitend, strahlend und lerchendurchklungen,
Über ihr rauschendes Kleid das grüne, ährendurchwirkte,
Drin er hastig und lachend, ein winziges Bübchen, nun irrte
Mit begehrlichen Händen Mohn und Raden zu haschen.
Um sich das Flüstern der Halme die tropfend von Sonne sich neigten,
Lockend und streichelnd nun und lockender noch im Entfliehen – –
Dunkler wurde ihr Wehn. Dunkler die Bläue darüber.
Sprühend troff Nachttau, schwer vom Dufte des Geißblatts,

Von den blühenden Grannen hinab in das halmige Lager.
Lerchennest, das ihn und die Liebste geborgen.
Und der dunkle Leib, der blühende, arbeitgestählte,
Atmete Jugend und Lust und glühenden Dank ihm entgegen
Wie das Feld das sie trug, aushauchte die Wärme des Tages – –

Wieder sah er die Junge, die niemals Müßige schreiten,
Durch den hitzelodernden Morgen der Ernte,
Hinter der Sicheln Lied und dem Surren sinkender Schwaden
Wie beim festlichen Reigen singend den Mägden vorangehn.
Und er meinte im Wind den keuchenden Atem zu spüren
Wie sie gebückt ihm zur Seite die goldenen Garben gebunden.
Schwer und schweißüberströmt dann an die schirmende Hocke
Lehnte den hoffenden Leib und in den feiernden Händen
Aus der raschelnden Ähre rieb die glänzenden Körner,
Mit dem Erstling der Ernte den Ungebornen zu speisen – –

Sieh da trug ihn, den Erstgebornen, den Liebling,
Schon der Erntewagen, der hochbeladne,
Unter den schwarzen Ulmen, den ährenbehangnen,
Schwankend herbei aus dem goldenen Staube des Abends.
Neben dem Skythen saß er, der Apfelgesichtge,
Trieb mit knallender Peitsche und Zuruf die lässigen Ochsen
Und im Zyanenkranz den ihm die Mutter gewunden,
Fing sich, glückbringendes Spinnweb, das goldne Gespinste der Halme – –

Ach, nicht er und keins der frohen Geschwister
Lenkten Gespann und Gefährt, als er die Gattin geleitet,
Einsam die Einsamgewordne dort in den Hügel zu betten,
Mitten im Feld das ihr wogendes Brautbett gewesen.
Einmal noch hob er die Bleiche empor in den rüstigen Armen.
Flach und leicht lag sie drin, die leergeschüttelte Ähre,
Draus das Schicksal die reifen Körner verstreute
Weit über Land und weit über westliche Meere,
Aussaat selber zu sein. Und selbst der werbende Pflüger
Der die heilige Mutter, die wildnisverbannte, erlöste.
Streuend in ihren Schoß den gesegneten, feuchten,
Aus dem Laken des Säers den goldenen Regen der Körner.
Dann mit ihnen sich selbst in ihr zum Schlummer verbergend.
Tief geborgen dort ruhn wie Feldmaus und Schlange im Winter
Träumend den ewigen Traum der Völker und Ähren:

In ihr zum Leben zu drängen. Aus ihr zum Lichte zu sprießen,
Gleich mit Gleichem gesellt unentrinnbar. Mit Gleichem
Jeder sich selber zu blühn, doch zu teilen Gedeih und Verderben.
Aber ungleich den Andern von Anbeginn wie die Halme
Rötlich keimenden Roggens vom grünen des Weizens,
Wie der nackte Gebirgsspelt von weißblonder Niederungsgerste,
Und wie beide dem wispernden, rebhuhngefiederten Hafer der Heide.

Aber alle dem feuchten, gesegneten Schoß der Erde entstiegen,
Alle von ihr genährt und alle zu ihr sich verwandelnd – –

Aus dem Staub des Wegs aufhob die Stirn der Betäubte
Wie ein erwachendes Kind und griff stammelnd ins Leere.
Fern schon sah er die Göttin. Sie schritt in der Bettlerin Mantel
An der Mauer des Weinbergs und bog in das Dunkel des Ölhains.
Doch um Schulter und Haupt wob goldenes Leuchten.
Und aus dem Acker im Tal, aus dem dampfenden Nebel
Stieg eine Lerche, Frühling und Morgen verkündend!

LEDA

Sie lag im Nest gebettet,
Im rauschenden Röhricht vor dem Wind geborgen,
Der kalt und klirrend durch die Halme stieß.
Aus Sumpf und Dickicht stieg der fahle Morgen.
Sie äugte über des Geflechtes Rand
Und sah, tief unter ihrer spielenden Hand
In Schlamm und Sand,
Versunkne Riesenfarne dicht verkettet.
In ihrer Wipfel wogendem Verließ
Hielten sie klammernd sterbende Ungeheuer.
Brechende Augen sprühten rotes Feuer,
Buntschuppig funkelnd hob sich zackiger Schweif
Und peitschte eisige Flut.
Wildaufgerissene Rachen spieen Blasen.
Und blasse Flanken, trächtig und gebärend,
Kämpften mit Moor und Wurzeln, wild sich wehrend,
Und rauschend übers Wasser lief ein Streif
Von Schaum und Blut.

Sie sah das Todesrasen
Das hoch ihr Nest emporhob und erblaßte
In jäher Angst. Und ihre Rechte faßte
Das hohe Rohr. Es schwankte schaukelnd aus.
Sie ließ sich wiegen
Und sah ihr helles Haar im Winde fliegen
Wie Blütenstaub. Sie lag so nackt und bloß
Wie eine Schnecke neben ihrem Haus.
Ihr Leib sah aus dem Moos
Wie eine Muschel aus dem Tanggewind.

Und ihre Augen waren leer und groß
Und dunkel spiegelnd und erinnerungslos
Wie eines saugenden Kindes Augen sind.
Und glänzten blau und feucht
Als jäh umspringend nun der Wind
Das aufgestört zerfetzte
Nebelgewölk wie flüchtende Vögel hetzte.
Und aus der Bläue stieg es wie Geleucht.
Das rauschende Brausen sturmgefüllter Schwingen
Kündete ihr sein Nahn.
Sie öffnete die Arme und die Knie
Und über ihrem erglühenden Gesicht
Sank aus dem Blau der Schwan –

Und aus des Dickichts Schlingen
Im Tod das letzte der riesigen Tiere schrie!

Zirpe, zirpe, Zikade!
Im abgeernteten Felde
Zwischen dem purpurnen Klee in bräunlicher Stoppel,
Zwischen dem Thymian am Weg und grünlichem Beifuß,
Zirpe Dein Lied in die glühende Röte des Abends,
Daß von der Hecke des Gärtchens aus binsengeflochtenem Käfig
Schrill die gefangene Schwester drin einfällt, –
die Kinder,
Die an der Mutter Hand unwillig zur Schwelle schon taumeln,
Horchen dann auf und wenden sich um und erblicken den Vollmond
Hinter der Ulme am Stall und über der Kuppe des Hügels
Glänzend und hell wie Dein goldenes Abbild, Zikade,
Über der Mutter Haupt im schön gewundenen Knoten.

Zirpe, zirpe, Zikade!
Singe die Kinder in Schlummer
Singe die Erntemüden, die Schnitter zur Ruh und die Mägde!
Aber dem Herrn des Hauses, der Frau und dem Erben
Singe Dein heiliges Lied, das Lied von der göttlich verehrten
Tochter des Führers der Völker, der kunstreichen, weithin berühmten,
Ihr, die die Jungfrau-Göttin zur Freundin erkoren.

Zirpe, Zikade, ihr Lied bis in den goldenen Morgen,
Daß aus dem Spinnennetz hoch unterm harzigen Balken,
Daß aus dem Netz im dunklen Wacholder am Triftweg

Jäh auffunkelnd der Tau versprüht wie stürzende Tränen
Singst Du verhallend den Namen:
Arachne!
Arachne!

An dem Webstuhl saß sie, Arachne, die weithin berühmte,
Unter dem säulengetragenen, schattigen Vorbau
An dem Hause des Vaters, hoch auf dem ragenden Burgberg.
Über dem glänzenden First im Ostwind rauschte der Ölbaum
Und in das marmorne Becken rann tropfend die Quelle.
Klappernd sauste der Webstuhl. Es flog das wandernde Schiffchen
Von der emsigen Hand, der zielenden, rastlos geworfen
Durch der Fäden Gespinst und es wuchs das bunte Gewebe.
Müßig feierte nicht Arachne, wenn Schwestern und Mägde
Riefen vom Hof und vom Vorratshaus. Wenn schmälend
Die greise Schaffnerin stand auf der sonnigen Altane,
Oder die Knechte sangen ihr Chorlied, die kriegsgefangnen,
Bräunlichen, in den Rebengärten am Abhang.
Nur den Brüdern blickte sie nach, den lockigen, blonden,
Die durchs hallende Tor lautrufend mit Gästen und Dienern
Hinter der blaffenden Meute, mit Spießen und Garnen,
Zogen zur Jagd und zum Vogelherd bei der Zisterne.
Dann mit erneutem Eifer zur Arbeit sich wendend,
Aus dem Körbchen am Rahmen, dem weidengeflochtnen,
Griff Arachne die Tocken und prüft sie vergleichend.
Hielt des sidonischen Färbers purpurne Wolle
Neben das malvengetränkte Garn der mysischen Sklavin,

Legte beide zurück und wählte endlich das dunkle,
Das sie selbst mit dem indischen Holze gesotten
Bis die geflochtene Strähne blau wie die Locken Poseidons.
Prüfend hob sie den Faden. Er säumte wie Richtschnur vorm Himmel
Lazurschimmernde Bucht, die vom Vorgebirg mit dem Wachtturm
Weit sich streckte bis zur gewundenen Mole.
Dunkle Segel standen darauf und weiße wie Möwen.
Schöngewölbt, eine brausende Muschel, lag unten der Hafen
An dem dunstenden Strand. Es klebten die Gassen
Wie Hornissengehäuse, schluchtauf an dem Felsen.
Aber auf halber Höhe, von Hecken dunkel umfriedet,
Silbern wogte Athenes Hain.
Aus den Wipfeln
Vor dem Heiligtum, dem uralt-kyklopisch gefügten
Mit dem lastenden Dach, dem bohlengetragnen,
Das die Nester der zwitschernden Schwalben beschirmte,
Blinkte aus kreiselndem Rauch, der vom Opfertisch aufstieg,
Rötlich der Speer, der wetterabwendende, feindeverstörende,
Den die Göttin dort selbst in den Felsen gestoßen,
So den Ihren das Ende der Wanderung kündend.
Tief schon glänzte sein Schaft in der steigenden Sonne.

Und Arachne griff nun eilend das Schiffchen,
Wob den smaragdenen Faden, grün wie sprossender Rasen,
Wob den Scharlachfaden und den schneeigen, weißen,
Zierlich zum Muster geeint in krokusfarbener Borte.
Gab nicht acht beim Klappen und Rütteln des Webstuhls

Auf das stärkere Rauschen des Windes, den schrillen
Glückverheißenden Schrei der Schwalbe am Giebel.
Aber mit eins schien das bunte Gewebe im Rahmen
Jäh zu leuchten. Es flammte die Maser des Holzwerks.
Dampfend gähnten am Hebel die Häupter der Greife.
Zuckender Feuerschein füllte den Vorbau. Die Säulen
Sprühten wie Erz auf dem Amboß. Die Wände
Glommen, als triebe die Glut aus ihrem Gefüge die Quadern.
Über Estrich und Schwelle glitt wabernd das Leuchten,
Unerträglich dem sterblichen Auge.
Arachne
Neigte das Haupt in die Hand. Durch Finger und Lider
Drang wie Blitzgeloder verzehrend das Feuer.
Jetzt aus dem Glühn zu der Zitternden neigte Athene
Gnädig sich nieder, Kühlung und Schatten hauchend
Aus dem Wehen des Wipfels, und fragte –
Arachne vernahm es
Nicht mit dem Ohr. Im Herzen nur hallte die Stimme
Leiser als gleitende Schwinge, doch dröhnend anschwellend
wie Schlachtruf –

„Sprich Arachne! Dem teuersten Blute Entsproßne,
Sprich was webst Du, Kunstreiche? Dem Kunstreichen
Gleiche,
Der in nicht endender Nacht, in eisverhangener Höhle
Rastlos am heimlich bewahrten, glühenden Feuer
Mir geschmiedet des Schildes schirmende Schale.
Kreisender Sonnen Reigen umtanzte die Rundung,
Immer enger sich windend zum mähnenumwogten

Haupte des Löwen aus honigfarbenem Bernstein.
Ihn, den Feuer und Urwald zerschmelzend erzeugten
Als ich sprang aus dem Schlamm, die gewappnete Drachin,
Watend durchs dampfende Meer, drin der Harzstrom erstarrte,
Zu dem verlassenen Nest, dem möwenumkreischten,
Das sie barg, die wimmernden, nackten, die Kinder der Leda.
Da erfaßte Erbarmen mein Herz. Ich hob meine Arme
Auf zu dem Vater, der mich und die Hilflosen zeugte,
Und ich schwur bei mir selbst: sie nie zu verlassen,
Ihrem Geschick freiwillig verkettend das meine.
Sie zu schirmen vorm blinden Wüten der Urnacht,
Vor der Vernichtung durch Mensch und Getier und der eignen Verzweiflung.
Über ihnen zu stehn, kläräugiges Sternbild,
Lockend am Morgen der Völker und tröstend am Abend
Wenn ihr Lauf sich vollendet – –

So sang ich's
Hell wie ein Vogel dem Greis aus dem ehernen Schilde
Drin er mich trug, der Riesige, unsichtbar den Seinen,
In den rußigen Armen, beim Donnern kalbender Gletscher,
Durch den brüllenden Strom, durch schleudernden Steinschlag.
Sicher fand er den Weg wie der Hirsch, der dem Rudel
Herrlich vorangeht. Sie folgten ihm willig,
Ihm, dessen Augen die feurige Esse getrunken.
Tief aufatmete er als der salzige Seewind
Ihm den milderen Atem des Meeres zutrug.

In den rieselnden Sand, vor Sturm und Brandung geborgen,
Stellt er den Schild an das mühsam gerettete, glosternde
Feuer,
Bettete drunter die säugenden Mütter und lehrte die Männer
Flöße zu baun aus dem treibenden Holz und Segel zu setzen
Nach dem Land, das er sah im erloschenen Auge.
Über ihm, im sturmzerrißnen Gewölke
Schwebt ich, ein bräunlicher Adler und füllte sein mächtiges
Herz mit Vertraun, wie ich Deins jetzt fülle, Arachne.
Spätgeborne, ihm Gleiche, Kunstreichste der Jungfraun,
was webst Du?"

Da sanken Arachnes Hände, schwer hob sie die Lider,
Sah wie sinkendes Feuer das Glühen verbleichen,
Fühlte balsamische Kühlung feucht um die Schläfen.
Hoch in den Armen, über ihr Haupt, erhob sie
Nun den weidengeflochtenen Korb mit den Tocken,
Nun den hellen, aus Pappelspänen gefügten,
Daß Athene die bunten Spulen ihr segne.
Sprach:
„Sieh gnädig das Werk Deiner Dienerin, Göttin,
Die in der Mutter Leib ehrfürchtig schon zu Dir gebetet,
Die Dich geliebt, noch ehe sie stammelnd Dich nannte
Und die Kunst, die Du selbst, Blauäugige, übtest,
Wenn Du am Sternenstrom, in der herbstlichen Dämmerung,
Singend webst beim Zwitschern ziehender Schwalben.

In dem Reigen der Jungfraun, die singend Dich priesen,
Hab ich's gelobt vorm Wabendunkel des Tempels:
Nie eine andere Kunst zu üben als diese,

Saitenspiel nicht, noch Gesang, noch den schwingenden
Wettlauf,
Auch dem fröhlichen Schaffen im Hause des Vaters
Ganz zu entsagen und nie mich dem Mann zu vermählen.
Einzig dem Werk zu leben, das früh ich erträumte:
Dir, Jungfräuliche, Vaterstadt-schirmende Göttin,
Dienend zu wirken das Kleid, das unvergängliche, bunte,
Das Dich preist und Dein Volk, das Du liebtest vor Allen.
Reiner Hand es zu weihn in des Heiligtumes Bewahrung,
Dir zum Ruhm und fernen Geschlechtern zum Denkmal.

Daß es dort deuten die Späten, die nicht meinen Namen
mehr kennen, –
‚Seht das zierliche Muster in krokusfarbener Borte',
Rufen die Mütter, – ‚so blühten die Wiesen im Frühling
Droben am Dünenstrand, den die Väter bewohnten
In den weitverstreuten, balkengetragenen Häusern.'
‚Seht die geschnäbelten Schiffe, die buntbewimpelten Drachen!',
Rufen die Knaben, – ‚so fuhren sie, adlergeleitet,
Weit die Ströme hinauf, ein Schrecken dem Feinde.
Zwischen die Kämpfenden trat die ägisschüttelnde Göttin
Da sanken wie blitzgetroffen die tapfern Besiegten!'
Und die Väter weisen das Grabmal des Ahnherrn
Mit der Lanze darauf und dem Helm mit dem Roßschweif
In der Heide am Strand, beim pappelumstandenen Bachbett.
Hin zur Tränke wandern dort scheckige Rinder.
Ihnen entgegen sprengen auf glänzenden Schimmeln die
Reiter,

Mantelumflattert, zum Stadttor. Das hütet der Gorgo
Drohendes Haupt. Doch es nisten darin die Eulen.
Krämer bitten um Einlaß. Es hämmern die Schmiede. Am
Marktplatz
Feilschen sie um die Buden und lauschen dem schlichtenden
Richter.
Aber feierlich-paarweis, im heiligen Reigen,
Schreitet der Jungfrauen blühende Anmut bergaufwärts
Zu dem umfriedeten Hain, dem wipfelumrauschten! – –

Und da neigen sich tief die Häupter der Greise
Und die schleierverhüllten gebeugten Matronen.
So wie Kinder küssen die Hände der Ahnin
Küssen sie scheu im Geweb das verbleichende Abbild
Der kyklopischen Mauer, der lang überbauten,
Mit den Türmen, auf denen als Kind sie die Feuer noch sahen
Flammen über das Meer und zu den entferntesten Inseln,
Von der städtebeherrschenden, hochragenden Burg der Väter.
Und sie heben die welken Hände wie Schalen
Trost zu empfangen wie Tau von dem einsamen Sterne,
Deinem Gestirn,
am Abend der Völker erstrahlend!" – –

So sprach Arachne. Und wie sie es sprach, aus den Händen
Sprangen die Schiffchen und schossen durch tanzende Fäden
Hin und her wie jagende Schwalben. Es formte
Bild sich an Bild, gehorsam dem Wort. Es folgte
Rastlos eines dem andern. Wie Wasser rauschte der Web-
stuhl.

Schweiß rann glühend, es schmerzte der Rücken, die Augen
Brannten wie Nesseln Arachne und tonlos verhauchte die
Stimme.
Wie sie im goldenen Grund, im purpurdurchströmten,
Wirkte den silbernen Stern, – da rissen die Fäden.
Eilig wollte Arachne mit zitternden Fingern sie knüpfen.
Da entwand ihr Athene die Spule.
Wie Flammen
Glitt es durchs bunte Gewirk am zerstäubenden Rahmen,
Zackig, wie Falterflügel, strahlt es sich breitend.
Und Athene wob ihm zur Borte die Zeichen
Drunter die Kinder der Leda ihr Schicksal vollenden:
Erst den flammenden Stier auf feurigem Grunde,
Dann den sonnegekrönten, ruhvollen Widder,
Dann der bläulichen Fische unruhiges Reich. Die einen
Stoßen zurück zum Schlamm, sich und die Ihren vernichtend,
Aber die andern, wie laichende Schwärme, gemeinsam
Suchen sie schirmende Bucht und sonnendurchleuchtete Klar-
heit,
Drüber wie Wellen schon zittert des Wassermanns Zeichen
Letztes von allen – –
Da weinte Athene
Laut auf. Weit schleuderte sie die zerspringende Spule.
Und Arachne wandte sich um und erblickte die Göttin:
Feuer stand sie, weißglühend, vorm feurigen Himmel,
Löwenhaarig, blauäugig. Im leuchtenden Antlitz,
Das sie sich selbst erwählt, die gewappnete Drachin,
Als sie erbarmend den Hilflos-Gebornen sich neigte,

Sah Arachne der Gorgo starre Verzweiflung,
Eisiger Urnacht Gram und Erkenntnis eignen Erlöschens –

Aber der göttlichen Augen verzehrende Klarheit
Trank den zerschmelzenden Leib, den staubgeborenen.
Zagend
Hüllt er die schrumpfende Winzigkeit, die aschfarbne
In das verschlißne Gewebe. Treibend wie Herbstlaub
Trug es Arachne empor im Abendwind.
Am Gesimse
Hoch an den Säulen verfing sich's, den sonnegewärmten,
Unterm geborstnen Gebälk.

– – – – – – – – – – –

Der Wind sang um die Quadern.
Um die Trümmer im Thymian sangen die Grillen.
In dem zyanenblauen Schatten der Säulen
Weideten Ziegen. Es duftete Klee und Kamille
Tauig und abendsüß. Am verwucherten Abhang
Raschelten Hütekinder, braun wie Lazerten,
Durch das Brombeergerank am zerborstenen Baumstumpf,
Sonnten sich, staubig und träg, beim glucksenden Quellchen.
Sahn die leere Bucht, die gleißende, rosig verblassen,
Zählten die Boote am kiesigen Strand. Aus den Hütten
Qualmte der Rauch überm schilfigen Bach durch die Erlen
Und vorm zerklüfteten Steinbruch jagten die Schwalben.

Schrill wie Schwalben und Grillen sangen die Kinder

Zu der Säule empor:
„Zirpe, zirpe, Zikade!
Singe Dein Lied der kunstreichen Weberin droben
Singe: Arachne!
Arachne!"
Am verglühenden Himmel
Aufstrahlte kläräugig ein Stern. Und vom Netze der Spinne
Funkelte Tau und versprühte wie stürzende Tränen!

ÄNEAS

Nicht um Didos purpurnes Bett. Nicht um Karthagos
Tarschischflotte. Und nicht um des Abenteuers
Lockenden Möwenschrei. Nicht um Entsühnung
Unerkannten Frevels, – und nicht um Ruhm zu erwerben,
Nie verklingenden, wie die Sage von Ilion, –
Nicht um die Zukunft zu schaun, die schon wie ein Adler,
Nordwärts schwebend über das Meer, ihn gerufen, – –
Nicht um all dieses stieg der Ahn der Cäsaren,
Stieg Äneas hinab in das stygische Dunkel,
In den unheilhauchenden Schlund zu den Schatten, –

Einzig darum:
noch einmal zu schaun die geliebte
Ehrwürdige Gestalt des Vaters, den er getragen,
Höchsten geretteten Schatz, aus der heulend verglühenden Troja.
Heiliges Gefäß, daraus sein Leben gequollen,
Bild, aller Ahnen Bilder in sich vereinend,
Widergespiegelt im Blick des lockigen Enkels.
Beide, der Greis und das Kind, im Toben der Plündrung
Sicher sich fühlend im Mantel gläubigen Vertrauens
Zu dem schicksalerwählten, tapferen Herz, das sie schirmte. –

Lange schritt er, Äneas, die schaurigen Steige
Tiefer und tiefer bergab in kältehauchenden Abgrund,
Bis er an seinen Sohlen, – es schmolz von der Wärme
Lebenden Blutes wie tauendes Eis der Boden, –
Sinkenden Fels nicht mehr, nur gleitenden Sand noch spürte,
Und im ungewissen fahlen Scheine das Strömen
Dunkler Fluten gewahrte und drüber das Nebelgewoge

Leise klagender Schatten.
Da hemmte Äneas die Schritte
Und er spähte herüber. Und wartete.
Aus der Dämmrung
Sah er es drüben aufzucken am anderen Ufer
Wie das Flackern der Lohe an berstendem Burgwall.
Sah, wie er fromm verehrend erhob seine Arme,
Flockenweiß schimmern das Haar um unvergängliche
Schönheit
Göttingeliebten Hauptes. Und sah aus dem Dunkel
Den verzehrenden Blick, der auch den Mutigen
Zwingt, sich erschauernd zu neigen, – den Blick, der geläutert
Ward von Trennung und Tod und unermeßlichem Leiden, –
Blick seines Vaters, tröstend wie Sternbild ihn grüßen!

Der stillsten Stunde Schweigen sank auf Rom.
Nur noch der Brunnen Ewigkeitsgesang
Sanft, wie aus einer Muschel raunend, klang
Und nächtiger Winde Schwingen um Sankt Peters Dom.

Lautlos schritt er empor die breite Treppe
Zum Kapitol. Wie Nebel schleifte nach
Der weißen Priestertoga faltige Schleppe.
In ihres Saales Zwinger wurde wach
Die eherne Wölfin. Und sie heulte auf
Freudig und kurz. Und vor der Pforte hörte
Das jäh aus erzener Ruhe aufgestörte
Roß Marc Aurels der huschenden Tatzen Lauf.
Es bäumte sich und sah zurückgewandt
Leise noch zitternd, wie im fremden, fahlen
Lichte sich neigte seines Reiters Hand,
Hörte ehrfürchtigen Gruß und sah das Strahlen
Des priesterlich Verschleierten.
Der stand
Und sah hinab. Es deckte sein Gewand
Der Opferschale Leuchten. Doch es barg
Kein Schleier seines Herrscherauges Flammen.

Und unter seinem Blicke wuchs zusammen
Was graus zerstört stieg aus der Zeiten Sarg
Und fügte, auferstandene Gebeine,
Zur Schönheit sich wie eines Leibes Glieder.
In alter Herrlichkeit erwuchsen wieder
Der Kaiserfora prunkende Säulenhaine.

Die dunklen Pinien auf dem Palatin
Rauschten erwachend auf. Und drunten glühte
In der Vestalen Hof wie Rosenblüte
Ihr Feuer auf, das sanft die Nacht durchschien.

Er sah's. Mild ward des schmalen Mundes Strenge.
Und wie ein Kind, ins Kissen eingewühlt,
Stammelnd im Schlaf, des Vaters Lächeln fühlt, –
Gab Antwort ihm die Stadt.
Aus schmaler Gassen Enge
Aus der Barockpaläste Ebenmaß,
Aus ihrer Fundamente Marmorquadern,
Aus Gräberschlüften, die die Welt vergaß,
Aus neuer Straßen breiten Lebensadern,
Aus weihrauchhauchender, hoher Kirchentür,
Aus weißen Wassern, murmelnd für und für,
Aus grauer Obelisken Magiersprüchen,
Aus Schlachtgewirr porphyrner Sarkophage,
Aus löwenhäuptiger Wüstengötter Klage, –
Verbannt in der Museen Marmorbrüchen, –
Aus uralt-heiliger Kirchen Kuppelrund,
Aus Villen, grünumkränzt, von toter Schönheit träumend,
Aus Martyrgrab, aus blutgetränktem Grund
Versunkener Arena, heiligen Treppen und
Aus Heldenbildern, lichtes Stadion säumend,
Aus Säulengang, umarmend wie ein Schild
Geweihten Raum vor aller Dome Dom,
Aus Brückenburg und toter Größe Bild,
Jäh auferweckt, von neuem Leben schäumend,

Aus der Tritonen Horn im Tiberstrom, –
Von allen sieben Hügeln rief ihr Mund:

„Dich grüßt, Erhabener, Dein Ewiges Rom!
Rom!!"
Und wie Wogen, die des Wirbels Wucht
Erregt, bis an den fernsten Strand verrinnen,
So ging von greiser Tore Mauerzinnen
Der Ruf zu Monte Cavos Felsenwall
Hinhallend über der Campagna Bucht.

Und dreimal klang im frühen Morgenwinde
Es hell aus ihr wie jubelnder Widerhall
Empor zu ihm, der hoch und lauschend stand.
Von Lorbeerkranz und purpurner Priesterbinde
Der Schleier glitt. Es hob Augustus' Arm
Die Schale hoch mit segnender Gebärde,
Und weithin sprühte aus des Herrschers Hand
Es flammend nieder wie ein Sternenschwarm
Und glühte lange auf granitnem Stein.
Aus der Erde
Scholl es wie Marschtritt wandernder Legionen
Und zog vorüber.
Und er stand allein.
Und lautlos stiegen aus den Pinienkronen
Riesige Adler auf und flogen her
Und kreisten noch im ersten Morgenlicht
Als schon der große Schatten lang verblich,
Und wandten sich
Und schwebten stumm und lautlos fort zum Meer.

GERMANENJÜNGLING

Rest eines Triumphalreliefs im Vatikan

Die Sonne leuchtet überm Vatikan.
Endlos und leer dehnt sich die Galerie
Im Mittagsschweigen. Ich durchschreite sie
Schwer, wie im Traum.
Die heißen Augen sahn
Sich müde an der Wände leuchtendem Bunt,
An dieser hohen Fenster gleißenden Reihn,
An strengen Höfen, schattiger Grotten Rund,
An schlafender Gärten dunklem Pinienhain.

Mich schauert. Von den Marmorfliesen steigt
Kühle empor. Von prunkender Decke fällt
Lastendes Schweigen nieder. Stumme Klage
Bannt das Gewühl der Porphyrsarkophage,
Erstarrte Schlacht, vom Tode übermannt.
Aus leeren Augen blicken Gott und Held,
Ins Nichts reckt sich des Cäsars Herrscherhand,
Und schwellende Lust verbleicht zu kaltem Stein.

O könnt ich fliehn! Wohin? Saal folgt auf Saal,
Und überall haucht des Vergehens Qual
Mich Flüchtigen an, als lebte ich allein!

Die Treppe nimmt mich auf. O tröstendes Steigen
Der schönen Stufen! Steingewordner Klang
Aus eines Künstlerherzens Lobgesang
Das aufwärts blickte aus versunknem Neigen!

Und nun auf heller Wand ein Sonnenstrahl
So mailich spielend, wie auf Bergeshängen
Im Buchenwald, aus dessen Boden drängen
Die Anemonen bis hinab ins Tal!

Nun lächelst Du, der mir entgegenschreitet
Wie aus der Heimat jungem Frühlingswald,
O holdeste Gestalt!
Du Kriegerknabe, schönster der Germanen!
Barfüßig wie ein Kind beim Beerenlesen,
Besiegender Besiegter, auserlesen
Unsterblich so zu blühen, niemals alt!

Wie Glanz um Deine gottgezeugten Ahnen
Liegt Deiner Jugend Macht um Dich gebreitet
Gleich Deines Fürstenmantels Bärenvließ.
Und schimmernder als seine Bronzespangen
Wehn, Freigeborner, Deine seidenen, langen
Locken, die lächelnd Dir der Sieger ließ.

Des Künstlers Hand, die aus dem stummen Stein
Dich rief, des Triumphators Ruhm zu künden,
– Daß Du und die Deinen immer um ihn stünden,
Zog mit Euch in die Ewigkeit er ein, –
Sie schuf andächtig Deiner Jugend lichte
Schönheit.
Und staunend stand davor die Zeit
Und schonte Dich
Als vor dem Eishauch der Vergänglichkeit
Was um Dich war, gleich einem Traumgesichte

Verstob. Als Staub wieder zu Staub verblich.
Ruhmvoller Name wie der Tuba Ruf
Verhallte. Als von Beute, Kampf und Sieg
Nur dieses blieb:
Bild, das der Römer schuf
Von Deiner blonden Jugend, die geborgen
Im Norden wuchs und an der Völker Morgen
Aus ihren nebligen Wäldern niederstieg!

Vom Dach des Himmels schnob der eisige Wind.
Es duckten sich vorm Schneesturm Tier und Treiber
Ängstlich geborgen unterm Felsenriff.
In kurzen Stößen atmeten die Leiber
Von Mensch und Kreatur, halbtaub, halbblind
Vom Todeshauch, der durch die Schlünde pfiff.

Sie hörten schaudernd wie die Decken flappten
Am Zelt des weißen Zaubrers, der mit Geld
Und Flinten sie für diese Fahrt geworben.
Und spähten, wenn am Eis die Stangen klappten,
Durch fahles Wirbeln nach dem schwarzen Zelt
Und fragten keuchend sich ob er gestorben?

Und knäulten bebend enger sich zusammen
Um zottiges Fell. Von Herdedunst und Pochen
Verborgener Pulse rauh in Schlaf gewiegt,
Wie in der Jurte einst an ihrer Ammen
Milchquellender Brust, im Schafspelz warm verkrochen,
Vor Nachtgespenstern sicher hingeschmiegt.

Und stammelten schwer und schläfrig dann und wann
Wie eine Mühle, die im Tempel surrt
Von übermüdetem Pilger matt gedreht:
„O Heiligtum im Lotos, hör uns an!
Befrei uns von dem Fluche der Geburt!
Laß uns erlöschen hier, vom Schnee verweht,
Erweck uns nicht zu neuen Daseins Fron,

Zum Spuk des Scheins, zum Trug irdischen Lichts.
Schleudre uns gnädig aus den Flammenspeichen
Des rollenden Rades zu dem göttergleichen
Dem ewig unbewegten, stummen Nichts!"

Er aber trat, der Weiße, als sie schliefen
Aus seinem Zelte in die eisige Öde
Und faltete die Hände in der Nacht.
Und zu den Gletschern, die ihn heulend riefen,
Schrie Antwort er. Und sie verstummten blöde
Als hätte eine Botschaft er gebracht.

„O Heiland meines Volkes, weißer Christ!
Dies ist die Nacht, da tröstend du erschienen,
Gewiegt vom Arm der reinen Gottesbraut.
Auf allen diesen weißen Bergen ist
Mein Herz nur wach, um preisend dir zu dienen,
Und wird erstarren eh der Morgen graut.

Doch spürt es noch das Wunder das uns ward,
Wie deiner Liebe glühende Gnadenfülle
Sich uns gelobte für die Ewigkeit.
Freiwillig wählte unsere Erdenhülle,
Als Weißer sich dem Weißen offenbart,
In unsrer Form tragend der Menschheit Leid –

Du wecktest mich aus blonden Volkes Samen,
Das unbekannt in nebligen Wäldern schweifte,
Als du am Kreuz schon für die Meinen starbst.

Du kanntest, König, deiner Streiter Namen.
Du wußtest, Sämann, was an Saat dir reifte.
Du riefest, Bräutigam, die du umwarbst!

O, Herr, zu kurz bemessen war die Frist!
Ich wucherte zu wenig mit dem Pfunde
Das deine Gnade deinem Knecht verliehn!
Ich sinke allzu früh am Wege! Christ,
Erhöre mich in meiner Todesstunde:
O halte meine Seele im Entfliehn

Wie frostverklammten Vogel Kindeshand
Erwärmend schirmt – bis er sich jäh geschwungen
Vom Wind getragen, wie die Wolken gehn.
Und wie er findet zu vertrautem Land
Laß finden mich mein Blut. In einem Jungen
Blauäugig, wild, laß wieder mich erstehn!

Gib wieder mir des Armes Jugendkraft
Den warmen Schweiß der arbeitsmüden Glieder.
Gib wieder mir die Lust der Wanderschaft
Der weißen Straßen Lockung gib mir wieder!
Gib mir den Salzgeruch der grauen See,
Der hellen Sommernächte Jungenssehnen,
Des Wildes Fährte in dem ersten Schnee,
Im Nebel gib das Heulen der Sirenen,
Des Riesenschiffes grelle Lichterpracht,
Ein Urwelttier, stampfend in Fieberglut
Und Trunkenheit hindröhnend in mein Blut.

Es füllend zwischen schwarzer Nacht und Licht
Mit fremder Länder großer Einsamkeit.

O Herr, verstoße mich vom Leben nicht!
So viele Wege warten ja, bereit –

O schenk im Süden mir die dornige Path
Auf der im Sonnenbrand die Ochsen trecken!
Gib mir die Weizenfelder Kanadas
Die wie ein Flammenschild die Ebene decken,
Schweifende Herden treibe mir entgegen
Durch der Savanne grünes Gräsermeer!
Das Bergwerk gib, von Gold trächtig und schwer,
Gib mir versunkener Wälder nächtigen Segen,
Die Steppe gib mir und des Trappers Zelt, –
Gib! Gib! In tausend wechselnden Gestalten
Laß mich die blühende Fruchtbarkeit der Welt
Wie eine Frau an meinem Herzen halten!" –

Sein Wort verflog im weißen Hauch. Er biß
Sinkend den Schnee. Und von der Gletscherwand
Kam hallendes Dröhnen, dumpf vom Sturm getragen,
Vor dem des Frostes fahler Vorhang riß.
Und sprühend überm Haupt des Toten stand
Das heilige Sternbild seines Volks, der Wagen.

Gelber Bernstein und dunkler Tang liegt zwischen den Steinen am Strand –
Eine Welle schlägt auf und flutet aus und verrinnt im Sand.

Sie kamen über die Dünen, lautlos, scheu witternd wie Wild.
Sie quollen aus Schlucht und Moor, wie der Spring im Frühling quillt.
Sie stellten Schlingen und Fallen, sie schleuderten Wurfholz und Speer,
Sie wärmten sich schauernd im Dickicht, sie hörten den Sturm und das Meer,
Und ich hörte in ihrer Brust, die geborgen an meiner lag,
Wie aus zitternder Welpen Leib, ihrer Herzen ängstlichen Schlag!

Sie kamen mit dem Sturm, aus brandungzerschmettertem Boot,
Sie schrieen wie Möwen, sie waren nackt, von Gischt und Seewind rot,
Ihre Haare waren wie Schaum und Sand, ihre Augen wie Seewasser hell,
Hochbeinig wie Elche liefen sie, wie ein Wildpferd schnell.
Sie stürmten den Steilhang empor, sie warfen sich auf die Knie,
Sie küßten mich, stammelnd vor Glück –
und ich liebte sie!

– – – – – – – – – – – – – – – – – –

Die sieben mal siebente Welle singt, die hohe, zerschellend
am Strand:
Mich zeugte die Flut, die die Welt umschwingt, mich lenkt,
der den Tod und das Leben bringt –
meine Spur bleibt im Sand!

Sie kamen, Volk um Volk, von Abend, von Mittag, von
Norden.
Sie haben ihr rotes warmes Blut im Kampf um mich ver-
gossen,
Sie haben mein Blut in Brot und Frucht, in Honig und Milch
genossen,
Bis sie Blut meines Bluts, bis sie Hauch meines Hauchs, bis
sie Staub meines Staubes geworden.
Sie krönten mit Ähren mein braunes Gesicht, sie wirkten
mein buntes Gewand,
Sie hämmerten kunstreich den Mantel, bis er steinern und
starr mich umstand.
Der klirrende Mantel, der sie hegt, er ist allzu dicht.
Ich horch am Tag wie ihr Herz drin schlägt.
Ich höre es nicht.

Sie schlafen mir nicht im Arm, sie schlafen in Stahl und Stein.
Doch tief in der tiefsten Nacht geht mein Traum in sie ein.
Sie spüren schauernd die Kinderangst der unstät im Dunkel
Schweifenden,
Sie spüren das trunkene Glück des Verbannten, mich neu
Ergreifenden,

Tief in der tiefsten Nacht rufen sie wieder nach mir –
Und ich fühle ihr Herz, das erwacht
wie ein Korn, wie ein Halm, wie ein Tier!

– – – – – – – – – – – – – – –

Gelber Bernstein und brauner Tang liegt zwischen den Steinen am Strand.
Welle um Welle schlägt auf und verrinnt im Sand.
Doch die sieben mal siebente Welle singt: Mich zeugte die Flut, die die Welt umschwingt,
Mich lenkt, der das Leben zum Licht bringt, –
meine Spur bleibt im Sand!

HENNING SCHINDEKOPF

Marienburg

Um die Hochburg der deutschen Ritter klang
Wie Schlachtruf der Nogat Frühlingsgesang,
Als Winrich Kniprode am Ostertag
Das Gebet für die Brüder im Felde sprach.
Da ritt ein Bote durchs Nogattor:
„Hochmeister, mich schickten die andern vor,
So lassen sie sagen: der Deutsche Orden
Ist Herre des Herzogs Kynstudt geworden.
Litauen ist still. Der ihm jäh und jach
Des Aufruhrs Sporn in die Weichen stach,
Herzog Kynstudts Fuß trägt klirrende Ketten."
Sprach Winrich: „Wir wollen den Wilden betten
In tiefstem Verließ, unter gurgelndem Wasser.
Doch sage, wer band den Christenhasser?
Wes Hand war so hürnen, daß das Gebiß
Des wütenden Wolfes sie nicht zerriß,
Sprich, Bruder Henning, wer war der Mann?"
Henning Schindekopf sah den Meister an,
Henning Schindekopf sprach:
„Öck sülvst!"

Königsberg

Zu Königsberg in dem Ordensschloß
Wer ist Herr über Ritter und Troß,
Wer sitzt im Remter zu oberst beim Mahl,
Stählern der Panzer, die Glieder wie Stahl,
Eine Bauernstirn und ein roter Schopf?
Das ist der Marschall Schindekopf,

Marschall Schindekopf, vor dem in Schweigen
Komtur und Trappier sehr tief sich neigen.
Hochmeister Winrich Kniprode und er,
Sie lenken das Land, sie leiten das Heer.
Marschall Schindekopf trägt den Stab mit Frieden,
Neun Jahre des Segens sind Preußen beschieden.
Auf den Feldern, die Kynstudts Hengst zertrat,
Wogt hoch um Walpurgis die Wintersaat.
In den Werderwiesen weiden die Pferde,
Mit läutenden Glocken geht die Herde, –
Der Marschall reitet langsamen Schritt,
Die Pflüger singen, sein Herz singt mit:
Stolz wählte ich mir den Wappenspruch,
Als Winrich, mein Herr, zum Ritter mich schlug,
Stolz sprach ich es damals am Hochaltar
Vor der adlig geborenen Brüder Schar,
Aber stolzer sag ich es heute zu mir, –
Wer gab diesem Lande des Friedens Panier?
Sag's dir, Henning Schindekopf!
Öck sülvst!

– – – – – – – – – – – – – – – – – –

Schrecken lief um auf allen Wegen:
„Litauen steht auf! Es zieht uns entgegen,
Herzog Kynstudt führt wieder sein Volk zum Streit,
Herzog Olgerd reitet ihm zur Seit,
Auf falben Rennern mit raschen Pfeilen
Naht Hunger und Tod. Entflieht mit Eilen!"
Bei brennender Dörfer Feuerschein
Drängte das Volk zum Stadttor hinein,

Und sie standen viele hundert Seelen,
Im Schloßhof bei rotem Kienspan-Schwelen,
Dreschflegel und Sensen trugen sie,
Vor dem Marschall beugten sie das Knie:
„Marschallk Schindekopf, Bauernsohn,
Du zwangst den Werwolf einmal schon,
Würgend zieht er wieder durchs Land
Vom selben Wurfe noch einer erstand,
Sie dürsten nach Blut, wie neue Klingen,
Von deinem Tod ihre Lieder singen.
Marschallk, wirst du gegen sie gehn,
Marschallk, der Bauer wird zu dir stehn!"

Rudau

Über Rudaus Walstatt flog schattend die Nacht,
Verbrandend rollten die Wogen der Schlacht,
Weich fielen die Flocken, weiß und schwer
Über das sterbende Litauerheer.
Doch aus dem Lager der Christen klang
Kein Reiterlied, kein Lobgesang.
Schweigend des Ordens Gebietiger stunden
Um Marschall Henning, den Todeswunden.
Rot sein Mantel im Winde schlug,
Seine Stirn eine purpurne Binde trug.
Aufschrak er vom Schlaf: „Ist die Schlacht geendet?"
Und Winrich Kniprode drauf, abgewendet:
„Sie ist geendet. Die Nacht kommt heran."
Langsam fragte der sterbende Mann:
„Meister, wes ist der Sieg?" und der Greise
Sprach: „Wir siegten." Er sprach es leise.

Und lauter dann: „Mein Henning, merk auf,
Schneewolken zogen um Mittag herauf,
Den Himmel verbarg es schwarz und dicht.
Die Brüder droben wissen es nicht
Daß der Orden Ruh fand für alle Zeit.
Der Ritt dorthin ist beschwerlich und weit.
Wer wird es Hermann von Salza sagen,
Daß wir Olgerd und Kynstudt geschlagen?" –
Sprach Henning Schindekopf:
„Öck sülvst!"

HERZOG SAMO

Eine Totenklage

Kummer gab das Holz zu meiner Laute,
Tränenschnüre bildeten die Saiten,
Und Erinnerung ersann die Weise,
Als sie sang im Laub der Trauerbirken
Die an jenem Heidehügel stehn.

Einstmals neigten sich die Birkenzweige
Über Rosmarin und Raut und Rosen.
Herzog Samos schlanke Töchter schritten
Spindeldrehend, singend durch den Garten
Schritten willkommrufend zu der Pforte,
Wenn der Vater heimritt und die Brüder
Durch das abendrote Heideland.

Sieben Kinder hatte ihrem Gatten
Die Genossin seines Betts geboren,
Sieben Kinder einer frohen Liebe.
Dunkelbraune Bernsteinperlen küßten
Liebevoll der Mädchen rosige Kehlen,
Durch der Knaben weiße Leinenhemden,
Bunt gestickt von fleiß'gen Mutterhänden,
Küßten Heidewind und Sommersonne
Ihre Herzen die so fröhlich schlugen.

Einst an einem sonnenhellen Maitag.
Fragte Herzog Samo seine Kinder,
Die mit duftend grünen Birkenreisern
Seiner Türe Pferdeschädel schmückten:
„Meine Söhne, liebt ihr euer Leben?"

„Ja, mein Vater, lieb ist mir das Leben,"
Sprach der Älteste, „als wie mein Bogen."
Sprach der Zweite, „wie die Angelrute,"
Sprach der Dritte, „wie mein blankes Messer,"
Sprach der Vierte, „wie mein braunes Pferd!"

Und der Herzog fragte seine Töchter:
„Meine Töchter, liebt ihr euer Leben?"
„Ja, mein Vater, lieb ist mir mein Leben,"
Sprach die Erste, „wie mein Perlenkettchen,
Wie mein erdbeerroter Festtagsgürtel,"
Sprach die Andre, „lieb ist mir das Leben
Wie die Blumen meines kleinen Beetes,"
Sprach die Jüngste, „lieb ist mir mein Leben
Wie die Kinder, die ich tragen werde!"

Durch die Birken strich der kalte Herbstwind,
Durch das Land des Herzogs strich ein Klagen.
Mit des Schneesturms Schnelle durch die Heide
Flog ein Kriegervolk in weißen Mänteln.
Schrecklich war ihr Antlitz, erzverkleidet,
Von dem Eisen ihrer Rüstung sprangen
Kraftlos Preußenpfeil und Weidenspeere.

Furchtbar wie der Hagel gingen sie
Durch die Gerstenfelder und die Triften.
Ihre blanken Schilde schwangen sie,
Drauf ein großes schwarzes Kreuz geschlagen
Und ein Kreuz, daran ein Toter hing,

Ragte düster über ihrem Haufen.
Herzog Samos Krieger riefen fallend:
„Weiche, Herzog, jener Mann am Kreuz,
Jener Nackte mit der blutigen Stirne
Ist das Abbild deines armen Volks!"

Und sie sandten hin zu Herzog Samo:
„Herzog Samo, höre unsre Rede:
Beug dich unserm Schwert und unserm Gotte,
Unserm greisen Führer schwöre Treue
Am Altare des, zu dem wir beten!
Deinen schweren Schwur wird er belohnen,
Wie ein Christ des Christen Treue lohnt,
Wie ein Fürst der Welt den andern Fürsten,
Der im Kampf mit ihm den Schild zerspellte.

Auf den weißen Rossen, die wir bringen,
Werden deine Söhne westwärts reiten
In die stolze Pfalz des deutschen Kaisers.
Tanzen werden sie mit Königstöchtern,
Mit des Kaisers greisen Räten tafeln,
Mit Prälaten in die Messe schreiten.

Unsre Blutsverwandten werden kommen
Von den Burgen her, von Rhein und Saale,
Werden frein um deine blonden Töchter.
Deine Enkel werden Grafen sein,
Deine Kindeskinder Kronen tragen."

Und sie sprachen: „Woll uns Antwort geben
Bis zum Morgengrauen, Herzog Samo –"

„Antwort soll euch werden," sprach der Herzog,
„Wenn der Himmel sich im Osten rötet.
Ruhet aus im Frieden meines Hauses,
Auf dem duft'gen Heu in eurer Kammer."

Als die Sendlinge der Fremden schliefen,
Trat der Herzog traurig in die Halle.
Bleicher werdend sprach die bleiche Gattin,
Die am Herde saß im Kreis der Kinder:
„Mein Gemahl, du kommst im Leichenlaken?"
Weißer als des Trauertuches Linnen
Sprach der Herzog einen Kelch erhebend,
Der aus klarem Bernstein war geschliffen,
Der im roten Licht des Feuers flammte:
„Ja, mein Weib, ich komm im Trauertuche,
In der Morgengabe deiner Liebe,
Schwer das Herz und in der Hand den Tod.
Meines Glückes lächelnde Gefährtin,
Meiner Unglückstage stolze Freude,
Beuge nieder dich zu deinen Kindern,
Küsse ihre Stirn zum letzten Male.
Die du einst mit mir zum Leben gingst,
Heute gehst du mit mir in den Tod."

Niederknieend sprach des Herzogs Gattin:
„Laß mich dankbar deine Hände küssen
Für die Freuden dieser zwanzig Jahre.
Selig wie ich dir ins Brautbett folgte,
Folge ich dir heute in den Tod –"

Und sie wandte sich zu ihren Kindern,
Aber Jene wandten sich von ihr.

Sprach die Mutter: „Meine lieben Kinder,
Die mit Schmerzen ich geboren habe,
Habt ihr keinen Blick für eure Mutter,
Habt kein Abschiedswort für euren Vater?"

Schweigend standen Jene, abgewendet.
Endlich hob der älteste der Söhne
Sein Stimme. Klagend klang die tiefe,
Wie der Wind der in dem Schlote heulte:
„Nein, wir haben unsre Abschiedsworte
Nicht für ihn, der zu gering uns achtet
Seinen stolzen Spuren nachzufolgen,
Der die Gattin schmäht in letzter Stunde
Die verleugnend, die sie ihm gebar.
Jeder Häuptling unsres alten Volkes
Heißt im Sterben seine Diener sterben,
Heißt die Hunde töten, die ihn liebten,
Heißt den Hengst erdolchen, der ihn trug, –
Herzog Samo geht und heißt uns bleiben!"

Also sprach der Jüngling. Herzog Samo
Senkte seine Stirne, tiefbekümmert:
„Ferne war's mir, euren Stolz zu kränken.
Eurer lebensfrohen Worte dacht ich,
Die ihr einst gesagt an jenem Maitag.
Jenem Leben, dem so sehr geliebten,
Wollte ich die frohe Jugend lassen,
Die aus meinem Samen mir gekommen.

Ruhm und Reichtum wird es für euch haben
In dem Land der blonden Christenritter:
Jagen werdet ihr mit goldnen Bogen,
Fischen werdet ihr mit Silberangeln,
Edelsteinbesetzte Dolche tragen,
Zelter reiten wie ein Göttersohn.
Meine Töchter werden Mäntel tragen,
Faltig, wie die Göttin jener Fremden,
Werden wandern in den großen Gärten
Die des Westens Sonne bunter färbte,
Werden eines Königs Kinder wiegen" –

„Nimmer", sprachen finster da die Knaben,
„Nimmer", sprachen bebend da die Mädchen,
„Wird es also kommen wie du sagtest!
Käm es aber, müßten an den Lauten,
Die in unserm Land von Herzog Samo
Und von seinem Weibe singen werden,
Schrillend wie in Qual die Saiten springen,
Wenn sie unsrer Namen nur gedenken!"

Und sie knieten nieder: „Herzog Samo,
Eine Bitte wolle uns gewähren!
Laßt uns nicht das Leben sterben sehn
Das uns zeugte, laßt uns früher sterben!"

Und sie neigten sich und küßten lange
Eh sie tranken aus dem Bernsteinkelche,
Ehrfurchtsvoll des stolzen Vaters Füße
Und den Saum an ihrer Mutter Kleid.

Als im Osten sich der Himmel färbte,
Standen auf vom Schlaf die Ritterboten
Und sie traten nieder in die Halle,
Herzog Samos Antwort sich zu holen. –
Sieh, da fanden sie am kalten Herde
Tot den Herzog, fanden tot die Gattin,
Tot die Kinder wie erfrorne Saat.

Als der Herzog Samo nun gestorben,
Als gestorben war was ihm geboren,
Zog er nach sich, wie die Toten tun,
Seines Volkes Beste in die Erde.
Über Gräber ging der Weg der Ritter,
Ihre Festen bauten sie auf Hügeln
Drin die Krieger unsres Volkes ruhn.

Wenige von uns nur sind geblieben
Um zu klagen in den Mondscheinnächten
Über Jene, die dahingegangen,
Um zu klagen über Herzog Samo.

Sieben Jahr sollst du um Tote klagen,
Die befreundet dir und lieb gewesen,
Zwanzig Jahr sollst du um Jene trauern,
Die aus gleichem Blut wie du geboren,
Hundert Jahre aber soll ein Volk
Seines letzten Fürsten Tod beweinen.

Hundert Jahre bald schläft Herzog Samo.
Bald am Stamme jener Trauerbirke
Werde meine Harfe ich zerschmettern.

Nie mehr werde ich die Kunde singen
Von des Herzogs Samo stolzem Sterben,
Schweigen wird mein Mund und mit mir schweigen
Wird das Volk, das seinen Tod beweinte.

Mit des Herzogs Namen wird verklingen
Jene Sprache, die um ihn geklagt.

Lochstädt 1429

Grau und schlaff
Dehnt sich das Haff.
An der Straße von Bischofshausen
Müssen noch Linden in Blüte stehn:
Ich spüre den Duft im wandernden Wehn
Und höre heimlich wie Bienenbrausen
Das sachte Rauschen der brandenden See.

Nie rastendes Weh,
Immer wogendes Leid, dessen salzige Fluten
Bis zur Seele mir gingen, nun lege auch du,
Wie das Meer da draußen, dich endlich zur Ruh.
Mit diesem Sommer wirst du verbluten
Herz, das nie gelernt zu entsagen.

Durch das Hoftor schwanken die Erntewagen,
Die Ochsen schnauben, die Räder knarren.
In dem fliegenden Staub goldendurchsonnt,
Seh ich mich selber mit sieben Jahren,
Seh ich die Brüder, langlockig und blond
Und durch den Frieden des stillen Altans
Klingt die zittrige Stimme des Schloßkaplans:
‚Etliches aber trug hundertfältig.'

Ich habe so lange nicht mehr geweint, –
Ich hatte gemeint
Meine Augen versiegten seit jener Nacht
Da mir der Bote die Kunde gebracht

Daß in Tannenbergs qualmenden Mooren
Rudaus Ruhm für immer verloren.

Wie sie dich schmähten, Jungingen!
So wanderte später, vom Haß bespien
Landflüchtig wie Kain, gehaßt wie die Sünde
Mein Name von Thorn bis Dünamünde.
Doch der für dich seine Lanze brach,
Der Tod, – wich immer von meiner Schmach!

Ich hatte dich einst so schnell vergessen, –
Nun denke ich oft der alten Zeit:
Wir wurden zusammen zum Ritter geweiht.
Durch die Schöne Pforte schritten wir,
Zart und schlank gingst du neben mir,
Deine Hand war weiß wie die Hand einer Frau,
Meine Hände waren haarig und rauh –
Und den Starken zermalmte die gleiche Bürde!

Am Morgen danach wir ritten zur Jagd,
Du löstest dem Falken die grüne Kappe
Und sporntest den Hengst und gabst nicht acht,
Da griff ich die Zügel, — hoch bäumte dein Rappe
Und ich rief und war heiser vor blindem Zorn:
„Bruder Ulrich, dein Hengst zerstampft das Korn!" –
– Groß sahst du mich an. Dann hast du gelacht.

Was war euch Andern die Mark im Norden?
Ein Forst zum Jagen, ein Platz zum Turnei!
Eure Ehrsucht stillte der Deutsche Orden,
Eure adlige Armut machte er frei.

Ich aber, der still hier oben verderbe,
Ich kam in dies Land wie in mein Erbe,
Jeden Fußbreit Boden hab ich geliebt.

Vor fünfzig Jahren blond und jung,
Durch den Mittagsdunst der Niederung
Auf die Hochburg bin ich zugeritten.
Aus gläsernen Steinen, buntgeschnitten,
Blinkte das Bild Unsrer Lieben Frauen.
Und ich fror in der Glut, geschüttelt von Grauen, –
Ich, der nie das Fürchten gekannt!

Und gluh und starr und unverwandt
Viele Nächte der Freiheit und alle der Haft,
Spürt ich des Bildes dunkle Augen
Rastlos das Mark meines Lebens saugen.
Und ich sprach, von Grauen und Qual erschlafft:
„Die Schwüre, widerwillig gesprochen,
Hundertmal hat sie mein Herz gebrochen,
Um dieses Land, für das ich stritt."

Und das Spukbild lächelte, wenn ich litt.

Jetzt kam es lange nicht mehr.
Mein Schlaf ward traumlos, tief und schwer,
Wie der Schlaf sehr alter Leute.
Doch seltsam, heute
Zog es wieder über mein Weh
Wie wandernde Wolken über die See.

Ich will hinab nach dem Hof zu sehn.
Daß ich so frei darf gehn,
Ist mir noch immer wie ein Traum.
Früher merkte ich's kaum
Wenn ich Stunden und Stunden im Sattel gesessen.
Ich glaube ich habe das Reiten vergessen!
Meine Füße sind schwer, die Stiege ist steil,
Es dauert eine gute Weil
Bis die Hand den Riegel zurückgeschoben.

Heiß und schwül war es droben,
Hier im Hof ist es kühl und abendstill.
Aus den Ställen kommt der Kühe Gebrüll.
Wie Gold ist die Luft.
Purpurn im Abendduft,
Über dem flutenden Tief
Ragt die Feste.
Die immer leiser rief
Die See, schläft ein.
Der Abend allein
Ist das Beste –

Der Amtmann saß im Saale, da kamen sie langsam herein,
Spuckten aus und zogen die Mützen, sie kamen zu zwein
und drein,
Vierschrötig, kurzbeinig und sonnverbrannt, an die hundert
Mann.
Sie schoben sich vor den Richtertisch und starrten den Amt-
mann an.
Sie rochen nach Salz und Seewind, sie rochen nach Kien-
rauch und Teer
Der Amtmann schnitzte am Federkiel: „Willem Pönopp,
komm mal her,
Es geht durchs ganze Samland über dich ein groß Geschrei:
Der Willem verlockt die Fischer zu heidnischer Zauberei.
Ich bin kein Pfaff und kein altes Weib und schreie nicht
Mord und Zeter,
Auch ward das Holz seit der Schwedennot zu knapp für
Missetäter,
Ich ließ mit Birkenruten dich schlagen hageldicht,
Doch jetzt von eurem Teufelswerk gib mir genau Bericht."

„Herr Amtmann weiß wie wir selber, der Schwede lag
Vor Dirschkeim auf dem Wachbudenberg Tag um Tag.
Wir sahn seine Feuer rauchen und sahn auf der See
Seine großen Schiffe schaukeln und schrien Ach und Weh.
Wir rannten in die Kirche und sangen vor Angst verstört.
Aber Gott und sein Sohn Jesus haben uns nicht gehört.
Der Schwede mit seinen Netzen fing unsere Fische fort
Und lauerte satt und gierig auf dem Berge dort.

Da sprachen wir untereinander: ‚Er traut noch nicht ins
Land,
Aber weil er Fisch wie ein Reiher frißt, weicht er nicht vom
Strand.'
Und ich sagte: ‚Ich weiß Einen der kann die Fische vertrei-
ben –
Dann können die blaugelben Räuber sehn wo sie bleiben.'
Da sprachen die anderen: ‚Wer ist das?' Wurden still und
sahen sich an,
Doch als der Abend kam da waren wir hundert Mann.
Wir gingen vor Mitternacht auf die Heide nach Rantau zu,
Samel Supplit, der führte uns. Nun Samel erzähl du."

Der Alte trat vor. Er war neunzig Jahr, wolfshager mit wir-
rem Haar:
„Ich kannte die Grube im Heidekraut wie dunkel es war.
Meine Väter erwachten in meinem Blut, mein Fuß stand im
Grund,
Und sie stammelten fremde Worte durch meinen Mund.
Und ich streckte die Hand aus und faßte den heiligen Stein.
Da steckten wir Fichtenreisig rings in den Sand hinein
Und spähten ins Dunkel und riefen ob kein Weib uns schau,
Denn vor ihm, der den triefenden Mond füllt, ist unrein die
Frau.

Und ich warf über meine Jacke das weiße Gewand,
Da zuckte das Feuer im Reisig und wir knieten im Sand;

Und ich sprach:
,Du Gott unsrer Väter, dem dies Feuer brennt,
Du Herr des salzigen Wassers den kein Name nennt,
Du, dem alles gehört was glitzernd die Flossen regt,
Du, der auf dem Haupt den erstarrten Honig des Meeres trägt,
Du, aus dessen Samen dies Land und wir alle gekommen, –
Sieh, der Schwede kam, der Feind, über deine Fluten geschwommen.
Er sättigt sich räuberisch an unserm Fang.
Er folgte dem mächtigen Lachs im Frühling die Küste entlang.
Die weiße Flunder, den fetten Dorsch gab ihm deine Gunst,
Für ihn kochten milchig die Wellen von des silbernen Herings Brunst.

Sieh, du hast lange gedürstet. In deinen Stein
Rinnt wieder des jungen Widders dampfendes Blut hinein.
Wir gießen wieder darüber das Bier und den Met,
Hilf deinem bedrängten Volke, das zu dir fleht,
Von dem habgierigen Räuber nimm sein letztes Glück, –
Vater, von unserem Strande zieh die Fische zurück!'

Und wir heulten laut auf vor Kummer und lagen im Sand,
Und als wir mit Zagen uns hoben da hatte der Wind sich gewandt.
Hell schien der Mond und über die See zog der Nebel her
Wie ein weißes Netz, das der Fischer zieht – und das Netz war schwer.

Da gingen wir stumm nach Hause.
Du weißt was dann kam
Wie der Schwede am siebenten Tag den Kurs nach Norden nahm.
Ihm folgten wie Schneegestöber die Möwen nach,
Denn das Meer war wie die Düne – alles Lebens brach."

Da sprach der Amtmann: „Des Lebens brach blieb's bis zum heutigen Tag.
Palmarum ist morgen, und aufgezehrt ist was im Keller lag.
Die letzten Erbsen verfaulten, ans Fenster klopft die Not,
Wir backen wie Anno sechzig wieder Borke ins Brot.
Eure Netze und eure Körbe und eure Taschen sind leer,
Es ritt seit Wochen von Königsberg kein Händler her,
Und wollt ihr nicht verderben alle mit Weib und Kind
So schafft die Fische wieder her und tut's geschwind.
Doch Willem Pönopp und Samel Supplit, – dies eine sag ich euch gleich,
Treffe ich euch beide zu Sankt Lorenz am Kirchensteig
Oder seh ich euch im Kirchenstuhl und wenn's Karfreitag wär, –
Ihr seht vom Galgen noch selben Tags bei Rantau übers Meer!"

Zu Sankt Lorenz in der Kirche am Ostersonntag danach
Vor zwanzig alten Weibern der Herr Pfarrer sprach.
Die räudigen Schafe fehlten, doch die gerechten dazu,
Selbst die Orgel droben hielt heute Ruh.

Es lag kein Kutter, es lag kein Boot am Strand im Frühlings-
glanz,
Alle Segel waren draußen von Dirschkeim bis Cranz.

Sie folgten dem mächtigen Lachs die Küste entlang,
Und ihre Netze zerrissen – so reich war der Fang.
Es flog in schimmernden Scharen kreischend die Möwe her,
Und vor ihr in den Tiefen zog die milchweiße Flunder her.
Da qualmten die Räuchergruben Tag und Nacht übers Land,
Stange an Stange stand im Wind und dörrte im Sand.
Und es kam der breite Dorsch, dicht wie ein Bienenschwarm,
Es triefte von seinem Fett der Frauen brauner Arm,
Ihre Schürzen starrten wie Panzer von den Schuppen schwer.
Und die Männer standen und spähten hinaus aufs Meer.
Willem Pönopp sprach: „Seit Tagen liegen draußen die
Späher,
Der silberne Hering zieht jede Stunde näher
Bald künden die Freudenschüsse rollend unser Glück – –"

Aber der silberne Hering kam nie mehr zurück.

NACHTSPUK

Die tote junge Frau im Grab
Sie sprach: „Was klingt nun Tag für Tag
Bis in mein stilles Bett hinab
Wie Säggeknirsch und Hammerschlag?
Längst fraß das Feuer unser Dorf
Das Gott mit Pest und Tatern schlug.
Nie sah ich Menschen seit im Torf
Der fremde Knecht den Jud erschlug."

Sie warf zurück ihr Leichentuch
Und stieg wie Nebelhauch herauf.
Und harzig quoll's wie Brandgeruch
Als sie sich band die Zöpfe auf.
Die Grillen zirpten hell im Gras,
Die Frösche quakten dumpf im Rohr,
Und überm Tannicht groß und blaß
Stieg still und rund der Mond empor.

Das hohe Gras war feucht vom Tau,
Sie spürte lächelnd es beim Gehn.
Doch einmal zögerte die Frau
Und blieb in tiefem Sinnen stehn.
Vergraben in den Nesseln schier
Versengt, verwittert aus dem Kraut
Ein Roßhaupt sah, des Firstes Zier,
Drauf einst der Storch sein Nest gebaut.

Sie ging zum Moore. Wieder blieb
Sie stehn. Leis witternd gab sie acht
Von wo der Wind stand, denn es trieb
Wie warmer Herdrauch durch die Nacht.

Da glitt sie eilend durch den Tann
Bis zu der Trift. Am Graben stand
Ein neu Gehöft. Der Hund schlug an
Und Leinen lag am Rain gespannt.

Zur Rechten lief ein schmaler Pfad
Vom Grasplatz bis zum Gärtchen hin.
Zur linken Hand stand junge Saat
Ein schwarzweiß Kätzchen jagte drin.
Durchs Fenster in der Giebelwand
Glomm eines späten Lämpchens Schein.
Die tote Frau am Fenster stand
Und schauerte und sah hinein.

Ein junges Weib im groben Hemd
Ging in der Kammer ab und zu
Und sang – die Worte waren fremd –
Schaukelnd ihr kleines Kind zur Ruh.
Wie Flachs war seines Köpfchens Flaum
Das in den bunten Kissen tief,
Die Händchen fingerten im Traum,
Mit offnem Mäulchen wohlig schlief.

So seltsam ward's der Toten drauß
Als wollt ihr Herz noch einmal gehn.
Die Müde drinnen sah hinaus
Und sah den Spuk am Fenster stehn.
Ihr Leib war blaß und spinnwebklar
Altfränkisch ihres Kleides Pracht.
Wie Edelstein in ihrem Haar
Lag weiß und blank der Tau der Nacht.

Die Bäuerin schlug ein Kreuz. Das Kind
Schrak wimmernd auf. Durchs Wiesental
Fuhr kühl ein früher Morgenwind.
Der Hahn rief laut zum erstenmal.
Die Tote bebte als er schrie
Und sprach: „Wie geht mein Fuß so schwer,
So weit war dieser Weg noch nie –
O Gott, nun komm ich nimmermehr!"

DIE FÄHRE

Die Krügersfrau fuhr auf im Bett,
die Uhr schlug Mitternacht,
Sie zählte laut, sie horchte lang,
so jäh war sie erwacht,
Der Mond schien durch den Ladenspalt
bis aufs Kissen wo sie schlief.
Sie sprach: „Du hast mich nicht geweckt,
mir ist, als ob wer rief!"

Sie ging und stieß den Laden auf,
die Nacht war klar und blau,
Auf dem Asternbeet im Garten
lag weiß wie Reif der Tau,
Hell ging die staubige Straße
über den grasigen Damm,
Und sie sah den vollen Mond
wie er silbern im Wasser schwamm.

Sie sah die große Fähre
die Kette schien so blank,
Sie sah das Ufer drüben
den Eschenbaum und die Bank,
Sie sah den stillen Wiesenweg
der lag so hell und leer,
Und Heuberg ragte an Heuberg
aus dem weißen Nebelmeer,
Und eine Stimme drüben
rief übers Wasser her:
„Hol über! Hol über!"

Die Stalltür knarrte leise,
der Fährknecht sah heraus
Und gähnte laut und ging zum Boot:
„Wer kommt so spät nach Haus?"
Doch als er nach dem Ruder griff
da rief's vom Ufer her:
„Die Fähre nimm, die Fähre!
wir sind ja viel zu schwer.
Hol über! Hol über!"
Er blickte auf und sah und sah –
der Weg lag still und leer.
„Hol über! Hol über!"

Er sprang so eilig aus dem Boot
daß es klatschend schlug,
Er stolperte den Damm herauf
bis vor den roten Krug.
Die Tür ging auf, es schien ein Licht,
das schien so gut und warm,
Und vor ihm stand die alte Frau
und packte seinen Arm:
„Hol über! Hol über!"

„Ich hab Euch sieben Jahr gedient,
ich fuhr zu aller Zeit,
Doch das will ich nicht fahren,
was dort vom Ufer schreit!"

Sie sprach: „Von Vaters Vater her
mein eigen ist der Krug,
Unser Recht ist diese Fähre
und alles was sie trug.

Mein Recht ist diese Fähre
und meine Ehre auch,
Noch keiner rief vergeblich,
das ist hier nicht der Brauch,
Und wär's der Schwarze selber,
er soll umsonst nicht schrein!"
Sie schritt hinab zur Fähre.
Der Knecht ging langsam hinterdrein.

Sie glitten über den Fluß dahin.
Das ging so rasch und leicht.
Der Uferrand kam nah heran,
das Wasser war schon seicht,
Da ward es jählings dunkel,
eine Wolke zog am Mond entlang,
Da schollerten die Planken
als ob ein Gaul herübersprang,
Es plätscherte vom Ufer her
wie vieler nackter Füße Gang.
„Fahr über! Fahr über!"

Die Frau stieß ab, der Knecht zog an,
wie ging die Kette schwer!
Es flüsterte, es atmete,
es drängte sich um sie her.

Dem Knecht, dem rann der kalte Schweiß
stromweis übers Gesicht,
Die Frau sah still den Fluß hinab.
Sie wendete sich nicht.

Sie kamen bis zur Mitte.
Da trat der Mond hervor.
Da trappelten die Hufe.
Da schnob es warm an ihrem Ohr.
Da lag's auf ihrer Schulter
so schwer wie eine schwere Hand.
„Halt an, ich will noch einmal sehn
nach meinem lieben Land!"

Sie blickte auf, der Knecht hielt an,
das Wasser war so blank,
Am Rande stand der Eschenbaum
und drunter stand die Bank,
Aufs Wiesenufer ging der Weg
so hell, so still und leer,
Und Heuberg ragte an Heuberg
aus dem weißen Nebelmeer,
Und einer Grille Schrapen
klang laut von drüben her, –
herüber, herüber.

Stumm stand die Frau, stumm stand der Knecht
und still die Fähre lag,
Hoch über ihren Scheiteln
die fremde Stimme sprach:

„Was ist so weich wie Mutterschoß,
so mild wie Mutterhand?"
Und Antwort kam: „Das Wiesenheu
und der Wind im flachen Land!"

„Was ist so süß wie der Kuß der Braut?
Was ist blonder als sie?"
„Die Linde über dem Strohdachfirst –
viel süßer und blonder ist die!"
„Was ist blanker als ihr weißer Leib?
Was ist so fruchtbar und jung?
Was trägt mich so geduldig?"
„Der Strom der Niederung!"

„Was ist für Götter und Menschen Glück?
Das Glück dem keines gleicht?"
„O das ist: den eignen Boden sehn
soweit das Auge reicht!
Und Gruß und Rede hören
wie altvertrautes Wiegenlied,
Und Wege gehn wo jeder uns
wie Kind und Bruder ähnlich sieht!"

„Und was ist allerschwerste Last?
Was ist ewige Pein?
Was ist den Kindern der Ebne verhaßt
und wird es immer sein?"

„Von der Heimat gehn ist die schwerste Last,
die Götter und Menschen beugt,
Und unstät zu schweifen ist allen verhaßt,
die die grüne Ebene gezeugt!"

Die Krügersfrau an der Kette stand,
die Stange hielt sie fest,
Es drängte her, es stieß und schob
und hielt sie eingepreßt,
Die Hand auf ihrer Schulter,
sie streichelten die schwere Hand,
Sie stammelten und weinten
und küßten sie wie Vaterhand.
Der Wind lief übers Wasser,
da sprach der Reiter:
„Ein neuer Tag kommt übers Land. –
Fahr weiter! Fahr weiter!"

Sie stießen an das Ufer,
die Fähre schwankte sacht,
Vom Fenster oben schien das Licht
so heimlich durch die Nacht.
Da setzte es den Hang hinan
am Dammweg trappelte ein Pferd,
Gehenk und Sporen klirrten,
es klirrte leise wie ein Schwert,
Ein Mantel flog vorüber
wie Wind, der übers Röhricht fährt –
vorüber, vorüber!

Es sprang und lief über Stein und Sand,
es rauschte durchs nasse Kraut,
Der Hofhund heulte winselnd,
des Försters Hund gab Laut,
Der weiße Nebel qualmte,
der Haushahn rief im Stall,
Und leis und leiser ging das Krähn
flußaufwärts wie Widerhall.

Schwerfällig ging die Frau ans Land.
Da blinkte was im Kies.
Es klapperte wie Geld im Sand
wohin ihr Absatz stieß.
Der Knecht, der las es knieend auf
an hundert Stück und mehr,
So kantig, dünn und grünbereift,
nur eins war rund und schwer.

Die bunte Tasche wurde voll,
sie trugen es ins Haus,
Sie schütteten es wie Erbsen
auf der eichenen Tonbank aus,
Der Taler rollte aus dem Berg
bis er an den Leuchter schlug,
Das klang so hell, das klirrte lang
verzitternd durch den stillen Krug.

Sie wendeten ihn hin und her,
sie hielten ihn ans Licht.
Die abgegriffne Schrift am Rand
entzifferten sie nicht,

Noch sah man an dem einen Bild
Wie künstlich es geprägt,
Wie ein gekrönter Adler war's
der Wappenschild und Zepter trägt.
Doch halb verlöscht war schon das Haupt,
das auf der andern Seite stand.
Ein mächtiges Haupt mit Helm und Kranz –

Doch keiner hat es mehr gekannt.

DIE AHNE

Der Brautzug ging aus dem bekränzten Tor,
Vom Tale scholl der Böller Gruß empor.
Der Knabe, der die seidene Schleppe trug,
Der Braut Geschwister wandten sich im Zug.
„Die Ahne blieb im Saale. – Bleibet stehn,
So müssen wir die Greise holen gehn."
Sie warteten – sacht geht des Alters Gang.
Im Turm verzitterte der Glockenklang.
Da kam, gestützt von ihrer Enkel Hand,
Die Ahne im verblichenen Prunkgewand.
Mit zornig hellen Augen, streng und starr
Hob sie das schmale Haupt im weißen Haar:
„Von alter Art im Hause Eine ist,
Wenn alte Sitte junger Sinn vergißt.
Zur Kirche geht ihr schon. Und fehlen doch
So viel Gesichter in dem Zuge noch.
Geht immerhin. Ich warte wohl allein!"
Sie schritten fort. Die Orgel setzte ein.
Der Knaben Chorgesang im Gotteshaus
Scholl zu der Neunzigjährigen hinaus.
Die stand und wartete vorm Wappentor. –
Still lag der Weg. – Kein Wagen fuhr mehr vor. –

MADELEINE BOTHWELL

Ich bin in Pracht und Freude gezeugt
Und in Armut und Elend aufgesäugt . . .

Ein Schloß in Schottland, ein Schloß im See,
Da ward ich geboren in Leid und Weh,

Durch die enge Zelle her und hin
Trug mich schaukelnd Schottlands Königin. –

Sie kamen, der Hölle verruchte Brut,
Und rissen ihr fort ihr Fleisch und Blut,

König Jakobs Enkelkind legten sie
An ein Klostertor in der Normandie. –

Die Jahre gingen beim Glockenklang,
Bei Rosenkranzbeten und Horagesang.

Ich wuchs und ward schön, wie Graf Bothwell war,
Und hatte der Mutter lockiges Haar.

Die Schere zögerte, die es schnitt,
Eh mein lockiges Haar auf den Teppich glitt,

Eh mein roter Mund die Gelübde sprach,
Über denen mein armes Herz zerbrach.

Ich kniete und betete Tag und Nacht,
Ich habe büßend die Nächte durchwacht, –

Jeder Schlag, der die zuckende Schulter traf,
Stört das alte Verlangen neu vom Schlaf,

Das Stuartsehnen nach Macht und Schuld,
Nach Pracht und Liedern und Liebeshuld. –

Ich träume von Sünden. – „Sœur Madeleine,
Steh auf, Zeit wird es, zur Messe zu gehn,

Du Liebling der Jungfrau, – siech vom Kastein,
Bald gehst du zum Glanze der Heiligen ein . . .“

Die Nonnen singen so süß und hold,
Wie verhallendes Wetter die Orgel grollt,

Der Altar flammt in Gold und Licht,
Ich sehe die Kerzen und sehe sie nicht –

Ein kienener Sarg . . . und schwarz verhüllt
Liegt drauf ein prunkendes Wappenschild . . .

ABISAG VON SUNEM

Sie suchten umher, König Davids Gesind,
Unter Israels Töchtern allen,
An Jehu ben Jakobs einzigem Kind
Fanden sie Wohlgefallen.

Sie führten mich hin in Davids Saal:
„Küsse die Hände dem greisen,
Sitze nieder mit ihm zum Mahl,
Sing ihm die Hirtenweisen!"

König Davids Auge voll Tränen stand
Beim Klange der alten Lieder,
Sein Becher fiel aus der zitternden Hand,
Sein Haupt sank schwer hernieder.

Den bleiernen Schlaf ohne Traumeslust,
Den Schlaf der siebenzig Jahre,
Schlief König David an meiner Brust,
Bedeckt von meinem Haare.

Ich muß in der Säle Dämmerschein
Meine jungen Tage verbringen,
Ich muß den alten König beim Wein
Wie ein Kind in Schlummer singen.

Und muß ihn wärmen in meinem Schoß
Und die dünnen Locken ihm streicheln,
Und mein Blut ist heiß, und mein Haß ist groß,
Mir graut vor seinem Schmeicheln.

Seh ich auch seinem weißen Haar
Israels Königskrone,
Mein ich, sie stünde besser fürwahr
Adonai, seinem Sohne.

Des Haar ist rot, des Haut ist warm,
Des Mund wie Granatenblüten, –
Ihn hielte jauchzend das Weib im Arm
Vom Stamme der Sunemiten.

LIEBE

Eh du nicht stirbst in Elend und Not,
Eh deine Stirn nicht mit Wahnsinn geschlagen, –
Keine Rose und Nelke rot
Werde ich mehr im Tanze tragen.
Meine kleinen schneeweißen Schuh,
Die ich getragen in Reigen und Geigen,
Sollen verstauben in ihrer Truh
Unter welken Lavendelzweigen.

Aber kommt dann endlich der Tag,
Wo sie mir sagen: „Er ist gestorben,
Fluch auf all seinen Wegen lag,
Unstät und flüchtig ist er verdorben!" –
Dann wird lachen mein blasser Mund
Süß und hell, wie in alten Tagen,
Seidene Kleider werd ich zur Stund,
Ringe und Spangen und Ketten tragen;
Werde tanzen drei Nächte lang,
Rosen im Gürtel und Rosen im Haare, –
Während dein Weib, verzweifelnd und bang,
Knieend betet an deiner Bahre.

Aber kommt dann die vierte Nacht,
Ist die rote Sonne gegangen,
Dann ist mein Lachen ausgelacht,
Blaß wie der Tod sind dann meine Wangen.
Werde sagen: „Nun liegst du fern,
Tief in der gefrorenen Erde,
Gingest dahin, – nicht wie ein Stern,
Loschest aus, wie ein Fünkchen am Herde." –

Wieder werd ich, in Reu und Leid,
Deinen geliebten Namen nennen,
Wieder, wie in verschollener Zeit,
Wird mein Mund nach dem deinen brennen,
Und die Kerze in zitternder Hand
Schreit ich hinab die Treppenstufen, –
Wie ein Brautkleid rauscht mein Gewand,
Und mir ist, ich hörte dich rufen . . .

WAGEN AN WAGEN

Um Allerseelen
In der dunklen Nacht,
Wenn vor uns stehen,
Die immer neu unserm Herzen fehlen, –
Erinnrung erwacht
An die alten Kirchen, die Hügel im Feld,
Wo sie schlafen, Vätern und Nachbarn gesellt,
In verlorener Heimat über der See, –
Und an Alle, die hilflos und einsam starben,
An Alle, die sinkend im Eis verdarben,
Die keiner begrub, nur Wasser und Schnee,
Auf dem Weg unsrer Flucht, – dem Weg ohne Gnade!

Und wir ziehen im Traum verwehte Pfade
Wagen an Wagen, endloser Zug,
Der ein Volk von der Heimat trug!

Von Norden, von Osten kamen wir,
Über Heide und Ströme zogen wir,
Nach Westen wandernd, Greis, Frau und Kind.
Wir kamen gegangen, wir kamen gefahren,
Mit Schlitten und Bündel, mit Hund und Karren,
Gepeitscht vom Wind, vom Schneelicht blind, –
    Und Wagen an Wagen.

Zuckend wie Nordlicht am Himmel stand
Verlassner Dörfer und Städte Brand
Und um uns heulte und pfiff der Tod
Auf glühendem Ball durch die Luft getragen

Und der Schnee wurde rot
Und es sanken wie Garben die hilflos starben

Und wir zogen weiter,
                Wagen an Wagen, – –

Und kamen noch einmal, trügrisches Hoffen
Durch friedliches Land.
Tür stand uns offen
Bei jenen, die nicht unser Leiden gekannt.
Sie kamen, sie winkten, sie reichten uns Brot, –
Sie luden die Not
Am warmen Herde zu sich als Gast.
Scheune und Stroh rief Müde zur Rast.
Doch wir konnen nicht bleiben.
Wir zogen vorüber
                Wagen an Wagen.

Und hörten durch Sturm und Flockentreiben
Das Glockenlied ihrer Türme noch
Und hörten doch
Das Dröhnen des Krieges, der hinter uns zog.
Und vom Wegkreuz bog,
Blutend, mit ausgebreiteten Armen,
Sich dorngekrönter Liebe Erbarmen.

Wir konnten nicht halten, wir konnten nicht knien.
Sie kamen hinter uns, Wagen an Wagen, –
Unsre Herzen nur schrien:
    O blick nach uns hin!

Wir wandern, wir wandern, endloser Zug,
Volk, das die Geißel des Krieges schlug,
Entwurzelter Wald, von der Flut getragen, –
    Wohin?
            Wohin? – – –

Ich hatte etwas dunkle Vorstellungen, daß der erste Versuch nach damaligem Sprachgebrauch unter „Lyrisches" rechnete. Aber von diesem zweiten wäre ich sehr in Zweifel gewesen, hätte ich sagen sollen, wo er hingehörte. Es glitt so was durch meinen Kopf von ..." Die Ballade ist im Gegensatz zur rein erzählenden und immer sehr umfangreichen, Einzelheiten ausmalenden Romanze eine Dichtungsart, die Knappheit der Form und ein Betonen des Schaurigen und Heroischen auszeichnet ...", aber es glitt vorbei wie ein Nachtschmetterling. Denn wie ich da so um Mitternacht auf dem Bettrand saß und auf der kalten Marmorplatte meines Nachttisches beim matten Schein der kleinen blauweißen und immer nach Erdöl dunstenden Delffter Lampe in einem alten Kochstundenheft kritzelte, wirbelten unter meinem dicken Zopf mit dem Tiroler Silberpfeil lauter Walzermelodien. Denn ich war erst am Abend von einer großen vergnügten Landhochzeit zurückgekommen. Das hochzeitliche Gewand, weiß mit kirschroten Schleifen, hing brav auf dem Bügel an der Tür zur Badekammer (denn meine eigene Stube, auf die ich so stolz war, war eigentlich bloß ein recht dunkler Vorraum und Durchgang zu dieser damals so seltenen und sehr ungemütlichen Luxusangelegenheit).

Bei dem kleinsten Geräusch stippte ich den Korkhalter in mein blaugläsernes Tintenfaß und äugte ängstlich nach der halbausgepackten Pappschachtel am Ofen (meine Gastfreunde hatten sie „Agnesens elegantes Reisetäschchen" genannt!) und schob eine auf dem Bahnhof erstandene Zeitung unters Kopfkissen, immer gewärtig, die Mutter zu sehen. Aber sie schlief zu fest nach diesem warmen Maientag, den sie wohl lieber zum Bettensonnen gebraucht hatte – die frisch bezogenen Kissen dufteten nach warmer Frühlingsluft und waren noch prall von der Sonne. Ich zog wieder das Blatt hervor und las mit glühendem Gesicht immer wieder von dem Bazarbrand in Paris und dem Tode der Herzogin von Alencon, die dort verbrannte, weil sie erst für die Rettung der ihr anvertrauten jungen Mädchen sorgte.

Ich wußte von ihr nichts, als daß sie eine Deutsche gewesen war und noch sehr schön, geliebt und geachtet auch in jenem Land. Von einem Bazar hatte ich nur sehr verworrene Vorstellungen. Recht klein, hatte ich mal mit Jochen eine Schüssel belegter Brötchen zu einem solchen in die Börse gebracht, wo zu meiner Verwunderung gar keine männlichen Wesen waren, sondern nur alte und junge aufgeregte Tanten in Jahrmarktsbuden hübsche Sachen ausbreiteten, die ich nicht anfassen durfte. Und dann hatte ich mal in einem sehr verregneten Juli in Cranz auf einem sehr stillen Fest mit viel Kaffee und Kuchen, das sich auch Bazar nannte, einen lila Aschenbecher erwürfelt, den ich sehr liebte und dem ich beim Schreiben freundlich zulächelte, wie er da auf meiner Kommode stand, angefüllt mit Sicherheitsnadeln. Aber dann verging mir das Lachen, es verging sogar die Angst, daß die Mutter aufwachen könnte. Es verhallten die „schöne blaue Donau" und der „grüne Jungfernkranz", und die sanfte goldne Helle der Kronleuchter in dem großen Gutssaal wurde dunkel und zukkend, wie ich auf die Zeitung blickte. Hatte ich nicht die großen Speicherbrände gesehen, den Brand des Aschhofs und der großen Fachwerkspeicher in der Sattlergasse? Hatte ich nicht als Kind noch das grause Rasseln der Feuerschnarre in den dunklen Straßen gehört, den roten Schein der Fackeln vorüberhuschen gesehen, bei dem Entsetzensschrei: „Feuer!" Sah ich nicht täglich an der geliebkosten Hand die grausame Veränderung, die die Flamme einmal in die zarte Kinderhand gefressen hatte? Und hatte mir nicht die Mutter (deren sanftes Atmen nebenan mir auf einmal so tröstlich klang) – einmal erzählt von dem Vorfahr, der für seinen Glauben an dem eisernen Ofen geröstet wurde?

Wie von selbst tunkte die Feder in das blaue Tintenfaß, wie von selbst glitt sie dahin, beschwingt und geleitet von meinem vor Begeisterung und Grauen bebenden Herzen. Ich schrieb und schrieb, in Versen, deren Klang und Art mir ganz fern meinen eigenen Gedanken erschien, ich schrieb, bis das fahle Morgenlicht durch den weißen Vorhang sah, bis draußen die Spatzen im Nachbardorf zeterten und das Delffter Lämpchen qualmend und zischend erlosch und mein Kopf bleischwer auf das immer noch nach Sonne und Lavendel duftende Kissen fiel. Ich sah das alles nicht, ich vergaß sogar das Heft, das nun mit der Zeitung unter meinem Kissen lag. Ich sah im Einschlafen dicht vor mir ein wachsweißes Gesicht mit großen dunklen Augen, mit schneeigem Haar, sah ein jenseitiges Lächeln um den blassen Mund und hörte eine leise, o so leise Stimme deutlich in dem kreischenden Entsetzen, aus Qualm und Dunst, aus dem roten Schein des knisternden, pfeifenden, aufheulenden Verderbens sagen: „Nach euch, liebe Kinder, nach euch – geht ruhig, geht – –"

Während meine junge, kindische, noch von Festfreude klingende Seele, während mein warmer, vom Schlaf gelöster junger Körper aufzuckend fühlte, wie bitter Tod ist, und wie süß es sein muß, ihn für andere zu leiden – in dem Augenblick erster Erkenntnis dieses Tiefsten, die wie weiße Glut durch die Dämmerung des Einschlafens zuckte –, dachte ich: „Sollte es eine Ballade sein?"

Erstmals erschienen in: *Der Mitteldeutsche, Ausgabe vom 10. September 1937*

Die ersten Balladen Agnes Miegels bringt der „Göttinger Musen-Almanach für das Jahr 1901", und der junge Herausgeber, der Student Börries Freiherr von Münchhausen, vermerkt im Vorwort (Göttingen, Sommersemester 1900): „Zwei junge Mädchen [d. i. Lulu von Strauß und Torney und Agnes Miegel], einen Referendar und vier Göttinger Studenten vereinigt dies Buch, alles Norddeutsche, fast alles Talente, deren Vorliebe die Ballade ist. Und dies letzte möchte ich besonders hervorheben. Viel zu sehr ist seit Jahrzehnten die Ballade in den Hintergrund gedrängt worden, eine kraftvolle, farbenprächtige Dichtungsgattung ist fast ganz verloren gegangen oder auf die bösesten Abwege geraten ..."

Am 21. Februar 1901 schreibt Agnes Miegel an Adolf Kröner, Inhaber des ehrwürdigen Cotta-Verlages, dem sie das Manuskript zu ihrem ersten Gedichtband übersandt hatte:

„Sehr geehrter Herr Geheimrat!

Heute erhielt ich meine Gedichte mit den Änderungen und in der Reihenfolge, wie es Ihre – ja ich weiß nicht wie der hohe Rat sich nennt – es geordnet haben. Die herausgestrichnen habe ich gern beiseit getan bis auf drei ... Herzog Samos Ehehälfte hatte keinen Vornamen. Ich kann mich mindestens nicht mehr drauf besinnen. Wenn Ihre Beiräte einen ganz echten altpreußischen wüßten, der ins Versmaß passt, dann kann sie ja getauft werden.

Es ist ganz richtig, wenn die Gedichte nur in Lieder und Balladen eingeteilt werden. Eigentlich ist's gar nicht nötig dies „Balladen". Es wird neuerdings wieder soviel dies Wort gebraucht, aber meine sind eigentlich gar keine.

[Und zum Schluß:] Nehmen Sie bitte die drei Gedichte. Ich bitte noch einmal drum. Und ich bitte sehr ungern. Agnes Miegel, Pflegerin im Kaiser-Friedrich-Kinderkrankenhaus Berlin-N."

Aus der Retrospektive ihres „Entdeckers“ Börries von Münchhausen lesen sich die Anfänge so:

„Als ich im Herbst 1897 einen Stoß handschriftlicher Gedichte Agnes Miegels auf meinem Berliner Studentenschreibtisch liegen hatte, wußte ich: Dies ist eine der ganz großen Dichterinnen unseres Volkes. Seit dem 4. April des folgenden Jahres kennen Agnes und ich uns persönlich ... Eigentlich war Agnes Miegel damals als 18jähriges Mädel nicht mehr und nicht weniger als heute, denn das Spezifisch-Geniale ist ohne Entwickelung, ‚keiner Erziehung fähig noch bedürftig‘ ... Der [Göttinger Musenalmanach] auf 1901 schien uns allen immer der wichtigste der Reihe und er scheint mir als Sammlung wertvoller als ausnahmslos alle Blütenlesen jener und späterer Zeit. Von den 187 Seiten des Buches füllt Agnes Miegel nicht weniger als 54 – man kann fast von einem Buch im Buche sprechen. Seite um Seite Werke, die heute zum Allgemeingut der Gebildeten zählen, die in hundert Auslesen und Schulbüchern, in tausend Zeitungen nachgedruckt wurden. *Agnes Bernauerin* und *König Manfred, Peter Harden* und das *Tanzlied der Valois, Abisag von Sunem* und die herrliche *Sankta Cäcilia,* die *Kinder der Kleopatra* und – aber wo aufhören bei diesen Schätzen.“ (Aus: Stimmen der Freunde zum 60. Geburtstage, 9. März 1939)

Die oben erwähnten Balladen finden sich, wie auch *Herzog Samo* und andere Prussiana, im Cotta-Band „Gedichte“ (Stuttgart 1901). Es war die erste selbständige Veröffentlichung Agnes Miegels – und dennoch nicht nach eigenen Vorstellungen angelegt. Die Zweiteilung in „Lieder“ und „Balladen“ unterblieb, Balladen wie *Kleopatra, Herzogin von Burgund, Fastrade, Die Sense, Regine, Am Spieltisch, Dürer, Der Erdbeerhang, Schöne Bärbel* wurden nicht berücksichtigt. Erst in der „Veränderten und erweiterten Ausgabe“ der ‚Gedichte‘, die Cotta u. d. T. ‚Frühe Gesichte‘ 1939 herausbrachte, findet sich die Zweiteilung, finden sich alle genannten Balladen wieder.

STIMMEN DER ZEITGENOSSEN

„Eine scheue, flammende, in sich selbst unsichere und leicht verwirrbare Seele, die vielleicht mit geheimem Grauen ihr Anders-Sein empfand, kam dieses junge Mädchen aus ihrer ostpreußischen Heimat einst zu uns und brachte uns seltsam-große, fremde und heiße Gedichte mit . . . Was sie ursprünglich packt und befruchtet, ist nicht der große Zug einer *Handlung*, in der sich ein Schicksal erfüllt, sondern es ist die *Stimmung* einer Situation. Marie Antoinette am Rokokotisch, in das aufruhrerfüllte Paris horchend; Rembrandt verzückt auf den Märchentrug des Lichtes starrend; Lord Dudley vor dem Gang zum Schafott noch den Namen Jane in die Scheibe ritzend; Lionardo eines „Halses wundervolle Gnade" bestaunend; der „Chevalier errant" der durch die Wälder reitet; die Nibelungen, die um die Flamme geschart in der Halle sitzen und Volkers Lied lauschen; die sieben letzten Frauen von Nidden, auf die wandernde Düne wartend, die sie begraben soll; der Zug der Sataniden – alles Bilder, die auch der Stift sofort und erschöpfend zu bannen imstande wäre. Aber von welch einem glühenden Leben ist diese eine Situation immer erfüllt! Was Agnes Miegel selbst an dumpfer Sehnsucht bedrängt, macht sich frei in den Gestalten aus Sage und Geschichte, die sie erweckt, die zu Sprachrohren ihrer eigenen Glut, ihrer phantastisch-wilden Empfindungen werden."

Carl Busse in Velhagen & Klasings Monatsheften, Mai-Heft 1908

„Die Balladen sind selbst viel lyrischer als die Gedichte, öfters von einer feinen, warmen Sinnlichkeit erfüllt, die einer Frau als Verfasserin besonders anmutig zu Gesicht steht. Ich denke da an den „Chevalier errant". Es werden

Stoffe von symbolischer Tiefe und Kraft aufgegriffen, vielleicht, wie im „Ritter Manuel“, nicht bewältigt; doch immerhin so weit ausgeschöpft, daß starke Anregung von ihnen ausgeht. Dieser „Ritter Manuel“ ist das Gegenstück zu dem sehr alten Legendenstoff, dessen uns geläufigste Fassung der „Mönch von Heisterbach“ ist: die Ballade „Zeit“. Der Ritter taucht einen Augenblick, im Kreise der Genossen, in eine Zauberschale. Der Augenblick wird ihm ein ganzes Leben, dessen Schicksale er erzählt. Und nun drängt dies Leben, das alle nur für seinen Traum halten, als eine jahrelange Vergangenheit herein.

Am reinsten gerundet ist die Ballade „Schöne Agnete“; von dem Mädchen, das den Nix freite, und das nun bittet, vor der offenen Kirchentür am Gottesdienste teilnehmen zu dürfen: „Und das ganze heilige Hochamt lang ein weißes, weißes Wasser vor der Kirchtür sprang“. Es ist darin etwas wie Sehnsucht aller Natur zum Menschlichen.“

Wilhelm von Scholz in: Der Tag (Berlin) vom 14. 6. 1908

„Als wir uns fanden, Schwester, wie waren wir jung!
Denkst Du der Stunde? Die Großstadt dröhnte von ferne –
Zögernd in fremder Tür, fragendes Lächeln im Auge,
Bräunlichdunkel und schmal, immer noch sehe ich Dich stehn!
Länderweit wohl der Weg von Deiner Heimat zu meiner:
Tochter des Ostlands Du, der heiligen Grenzmark des Reiches,
Ich des deutschesten Stroms, der silbernen Weser Kind, –
Aber nie war Ferne, war Fremdheit zwischen uns beiden,
Denn es schenkte die Kinderheimat Eine der Andern:
Grüner Niederung Weite und ruhvoll weidende Herde,
Schimmernde Bernsteinküste und grauer Domstadt Geläute, –

Tief durch Dich mir vertraut, lang eh' mein Aug' es gesehn!"

Lulu von Strauß und Torney, die Agnes Miegel Anfang 1901 in Berlin kennenlernte – zu ihrem 60. Geburtstag am 9. März 1939

„Eigentlich warst Du mir schon 1903 zum erstenmal begegnet, in jenem wunderschönen Sommer meines achtzehnten Lebensjahres, in dem mir der von Börries Münchhausen herausgegebene Göttinger Almanach in die Hände fiel, der auch Gedichte von Dir enthielt. Wenn ich es Dir bisher noch niemals gebeichtet habe, so ist es doch jetzt höchste Zeit, Dir zu gestehen, daß es mich an Deinen Versen zunächst hauptsächlich beeindruckte, aus einer Anmerkung zu entnehmen, die Verfasserin sei erst 24 Jahre alt und habe schon mit 22 Jahren einen Gedichtband veröffentlicht! Als ich sechs Jahre später Deinen inzwischen – 1907 – erschienenen zweiten Gedichtband für mich entdeckte, stieß ich auf ‚Die Mär vom Ritter Manuel'. Es ist nicht ganz einfach, in Worte zu bringen, was mir diese Dichtung von der ersten Erschütterung an für mein weiteres Leben bedeuten sollte ...

Heute glaube ich zu wissen, daß diese ‚Mär' eine einmalige und unwiederholbare Deutung dichterischen Wesens und Schicksals durch einen Dichter ist, und daß in ihrer auf doppelter Ebene sich abspielenden Fabel ein Gleichnis für die Beheimatung des Dichters in zwei Welten – der der Wirklichkeit und der des Traumes – vor uns liegt, wie es sich vollkommener nicht vorstellen ließe."

Ina Seidel, bei der Agnes Miegel zum erstenmal im Herbst 1912 zu Gast war, ebenfalls in: Stimmen der Freunde zum 60. Geburtstage. 9. März 1939.

„Es ist dies visionäre Aufblenden und Abblenden, was die Gedichte der Agnes Miegel nicht ohne weiteres und nicht leicht zugänglich macht. Man würde hie und da sogar die Einheitlichkeit oder doch den leitenden Faden vermissen, wäre nicht eine Kraft im Rhythmus, die alles zusammenreißt. Der Rhythmus ist in dieser Lyrik und Balladendichtung das Ursprüngliche. Ein langhinrollendes Wogen. Die Dichterin der Bernsteinküste, der die Woge den Pulsschlag diktiert."

Ernst Heilborn in: Frankfurter Zeitung vom 23. 6. 1935

„Von früher Jugend auf hat mich die Dichtung Agnes Miegels begleitet. Viele zeitgenössische Stimmen, die mir einst bedeutungsvoll erschienen, sind verklungen oder haben anderen Stimmen Platz gemacht. Agnes Miegels Stimme hat in keiner Epoche meines Lebens ihren Zauber verloren. Wie sie mich in früher Jugend begleitete, so geleitet sie mich auch heute im hohen Alter mit der Ungebrochenheit tiefer Innerlichkeit und Schönheit. Sie wird lebenslang bei mir bleiben, denn sie altert nicht, sie wandelt sich nicht, sie stirbt nicht. Dem jeweiligen Zeitgeist nicht unterworfen, übersteht sie dessen wechselnde Forderungen. Wenn die unsagbar schmerzlichen Geschicke ihr äußeres Leben durch den Verlust der geliebten ostpreußischen Heimat zeichneten, so hat sie diese Heimat doch in einem geistigen Sinne gerettet und in ihrer Dichtung zum unverlierbaren Besitz erhoben. – Allein, es ist nicht die stark heimatlich gebundene Note, welche die tiefste Bedeutung dieses dichterischen Werkes ausmacht: Agnes Miegels Stimme ist gleicherweise der Zeitlichkeit wie der Ewigkeit verbunden. Und so ist denn auch der irdische Abschied, den wir von ihrer liebenswerten Person nehmen mußten, zutiefst kein Abschied. – Agnes Miegels Werk weist über die kurze Spanne unseres irdischen Daseins hinüber in jene Welt, wo es keinen Abschied mehr gibt."

Gertrud von le Fort in: Leben, was war ich dir gut. Agnus Miegel zum Gedächtnis. München 1965

ZUR EDITION UND ENTSTEHUNGSGESCHICHTE DER BALLADEN

Die ersten 66 Balladen dieses Buches folgen in ihrer Gliederung und im Wortlaut der zweiten Auflage 1959 der „Gesammelten Balladen“, Werkausgabe Bd. II. Es sind gewissermaßen Agnes Miegels Fassungen letzter Hand. Das gilt auch für die sechs nächstfolgenden Balladen, von „Henning Schindekopf“ bis „Die Fähre“: samt und sonders Bd. I „Gesammelte Gedichte“ (1952) entnommen, gehen sie auf die Geschichte Ostpreußens zurück, berühren Heimatliches.

Die Ballade „Die Ahne“, um 1900 entstanden, fand Anni Piorreck im Nachlaß der Dichterin. Die folgenden, „Madeleine Bothwell“, „Abisag von Sunem“, „Liebe“, wurden 1900 in dem balladengeschichtlich so bedeutsamen „Göttinger Musenalmanach für das Jahr 1901“ veröffentlicht, blieben jedoch in der siebenbändigen Werkausgabe unberücksichtigt. Das abschließende balladeske Gedicht „Wagen an Wagen“ hat Agnes Miegel nach dem Exodus 1945, vermutlich im Schaumburgischen Wasserschloß Apelern, niedergeschrieben; es findet sich erstmals in den Flüchtlingsgedichten „Du aber bleibst in mir“, Hameln 1949. Aufgenommen wurde es vor allem deswegen, weil historischer Moment (als Balladenereignis) und unmittelbar erlebte Gegenwart in eins fallen.

In ein Exemplar der „Balladen und Lieder“ (Jena 1907), das sie zehn Jahre später Ina Seidel widmete, hat Agnes Miegel einige Entstehungszeiten und -orte eingetragen, so *Clifton 1902* für „Chevalier errant“, *Clifton November 1902* für „Die Nibelungen“, *Berlin 1903* für „Das Märchen von der schönen Mete“ und *Geiselgasteig* für „Chinesische Lieder“.

Über den Stil ihrer Balladen und über das sie auslösende

Moment hat sich die Dichterin nur selten geäußert. Im „Nachklang" zu den „Frühen Gesichten" (1939) geht sie auf die Lyrik der Frühzeit – die 1901 im ersten Gedichtband gedruckten und die damals ungedruckt gebliebenen – ein: „Nun liegen diese Verse vor mir, als hätte ich sie jetzt erst geschrieben. Fast wird es mir schwer, sie wieder hinauszusenden, so wie es jeder Abschied von den Gestalten ist, die in uns lebten. Am schwersten von denen, die ich hier den andern mitgab, weil sie ihrem Entstehen nach zu ihnen gehören …

Eine nur von euch allen blieb mir treu. Dich hat es nicht verscheucht, als ich mein Lied auf dich sang – Bernauerin. Ein Kind war ich an Mutters Knie, als sie mir das Bild deines Grabmals zeigte, mir von dir erzählte, als ich dein vom Wassertod gedunsenes Gesicht, deine halbgebrochenen Augen küßte, deine armen Hände im faltigen Gewand streichelte und die Hündchen an deiner Seite. Zum erstenmal rührte mich schauernd die Hand des Schicksals an: Liebe und Tod, unschuldige Schuld und furchtbare Sühne und das unlösbare Verflochtensein eigenen Geschicks in das Schicksal des Volkes, aus dem wir stiegen."

So ist es bezeichnend, daß die Stoffe der ersten Balladen zum Teil aus Agnes altem Schullesebuch herrühren; daß der ostpreußische genius loci auf sie wirkt (Henning Schindekopf, Herzog Samo), bevor sie sich der britischen Geschichte und Sagenwelt öffnet. „Ich hab ein dunkles Gefühl, ich *muß* nach England, als ob irgend etwas dort auf mich wartet", schreibt sie am 19. 7. 1902 der Freundin Lulu von Strauß und Torney. Eine erste Frucht ihres England-Aufenthalts scheint „Schöne Agnete" gewesen zu sein, munter klingt es aus Clifton im November 1902: „Daß Börries die Agnete gefällt, freut mich. Ich mag sie sehr sehr gern; das klingt komisch, weils mein eigenes Kind ist. Aber schließlich hab ichs doch geboren; wenn auch gottlob nur geistig." Und weiter erfahren wir aus London: „Meine Agnete hat Velh[agen & Klasings Monatshefte] natürlich nicht genommen ... nur das weiß ich, sie wird schon den Rückweg so peu à peu finden. Je länger ich mich kennen lerne, desto verdrehter erscheint es mir, daß ich Gedichte schreibe; und wenn ich meine so passend in Mausgrau gehüllten gereimten Jugendthorheiten [d. i. das Erstlingswerk „Gedichte", Stuttgart 1901] lese, manches gut und manches schlecht finde, so ist mir das Überwältigendste, daß ich diese Verse mal schrieb – ich Agnes Miegel, eines der nüchternsten Wesen unter der Sonne" (am 13. 1. 1903 an Lulu).

Wenn einem Menschen, dann hat sich Agnes Miegel der um sechs Jahre älteren Freundin und „Kollegin" aufgeschlossen; der Briefwechsel riß niemals ab. Dreißig Jahre später schreibt sie ihr von der Ostseeküste: „Dort [in Rantau] schrieb ich die ‚Arachne', die tagelang aus mir heraus stürzte, von einem lang getragenen Lieblingstraum, mich selbst erschütternd, zum Bekenntnis wurde, das ich vor dem mir heiligsten Irdischen, Kunst und Vaterland, ablegte. Ich hab's heute für Dich abgetippt ... Ich will dankbar sein, daß diese meine Demeter/Frühling ergänzende Arachne/Herbst mir zu schreiben beschieden war" (23. 8. 1932 an Lulu).

So hat sie zehn Jahre später „Äneas" und „Augustus" gegeneinander geführt, so hat sie ein frühes Duett, im Göttinger Musenalmanach für das Jahr 1905 noch als „Marie Antoinette" und „Der Graf von Fersen" betitelt, später unter dem Titel „Ausgleich" vereinigt.

Nur ganz gelegentlich geht eine frühe Ballade in einer späteren auf, so das „Fragment" (1907) in die Ballade „Bei den Verstoßenen". Daß „Marie" (1900) zur „Jungen Mary" wird, ist vielleicht britischem Einfluß zuzuschreiben, der zwanzig Monate währenden Erziehertätigkeit auf einer High School in Clifton bei Bristol 1902/04; dort hat die Mittzwanzigerin die Eingebung zu den meisten ihrer „zwölf großen Balladen" gehabt, Auftakt des Balladenbuches von 1907.

„Da lechze ich abends nach was Gedrucktem" – für eine Reihe Balladen ist die Wirkung augenscheinlich. So für „La furieuse" die Lektüre des Schauerromans „The daughter of the jumbler"; und für „Marie Antoinette" jüngste britische Gazetten, die ihr Verhältnis zum Graf von Fersen aufdeckten. „Die Domina" entlehnt ihren Stoff einem niedersächsischen Sagenbuch, das Agnes Miegel vermutlich durch die Freundin Lulu zu lesen bekam. Aus der Begegnung mit Lulu ist auch die Idee zum Titel „Balladen und Lieder" entstanden – eine poetische Fanfare, wie sie für die Zeit charakteristisch war (Lulu von Strauß und Torney, „Balladen und Lieder", 1902; Börries von Münchhausen, „Ritterliches Liederbuch", 1903).

Als die junge Erzieherin an einem stürmischen Novemberabend 1902 in der großen Halle der Cliftoner Privatschule auf ihre Zöglinge wartet, schreibt sie „Die Nibelungen" in einem Zug. Und an einem trüben Umzugstag in Königsberg, ein Jahr später, sitzt Agnes „in der halbleeren Küche auf einer zugenagelten Kiste und schreibt mit einem Stückchen Bleistift auf ein altes Papier, als ob sie nicht auf dieser Welt sei" (Anni Piorreck). Das Ergebnis ist eine ihrer reifsten Balladen, „Die Mär vom Ritter Manuel" – nur den Schluß hat sie später noch zweimal geändert.

Im zweiten Teil der „Balladen und Lieder" finden sich u. a. drei „Chinesische Lieder", die in München entstanden sind. Ein anderer Ton, und ganz andere Farbtupfer: Prinzessin Frühling promeniert im mohnroten Seidenkleid vor ihrem Pavillon, indes die Kaiserin Tante von China auf der Dschunke mit Seidensegel den blauen Fluß hinunterfährt. Später, in den „Gesammelten Gedichten" von 1927, wurde der Titel in „Chinesische Liedchen“ gewendet, aus der Kaiserin Tante wurde die „die Kaiserin-Mutter“ und aus dem blauen plausibler „der gelbe Fluß“ (vgl. hier Seite 156).

Manche Ballade entsteht auch „vor Ort“: so „Die Frauen von Nidden“ im Juni 1906 auf der Kurischen Nehrung heraufbeschworen, im Anblick der Hohen Düne, die vormals das alte Fischerdorf Kunzen (nicht Nidden!) begraben hatte. Als Agnes Miegel kurz nach dem Ersten Weltkrieg einen Ausflug ins Memel-Delta unternimmt, hat sie ein Erlebnis, das sie gleichen Abends, im Gasthof von Tawellningken, zur Niederschrift der „Fähre“ bewegt. Eine alte Frau hatte ihren Fährknecht gescholten: keiner dürfe vergeblich das *Hol über* rufen; „mein Recht ist diese Fähre, und meine Ehre auch . . .“ (Seite 235).

Es wird eine ihrer letzten großen Balladen. Die Statistik der Entstehungszeiten zeigt, daß rund 60%, d. h. mindestens 45 der hier versammelten 77 Balladen, nachweislich vor Agnes Miegels 30. Lebensjahr gedichtet wurden; so auch „Die Müllersbraut“ (Oktober 1907) und „Die Gräfin von Gleichen“ (1908), die freilich erst seit 1920 gedruckt vorliegen. Und es ist Frau Dr. Piorreck zu verdanken, daß sie bei der Flucht aus Königsberg 1945 eine Reihe der in den Zwanziger und Dreißiger Jahren entstandenen Balladen, darunter „Scheherasade“, „Äneas“ und „Augustus“, im Manuskript gerettet hat.

Wenn schon nicht die Entstehungsgeschichte in jedem einzelnen Fall, so läßt sich doch für alle Balladen das Jahr ihres Erstdrucks in Buchform nachweisen; das geschieht im vorangestellten Inhaltsverzeichnis und bedarf noch der Aufschlüsselung. Die Jahreszahlen stehen für folgende Publikationen: 1900 = Göttinger Musen-Almanach für das Jahr 1901 (bereits im Sommer 1900 zusammengestellt); 1901 = Agnes Miegel, Gedichte (bei Cotta); 1905 = Göttinger Musen-Almanach auf 1905 (der letzte dieser Reihe); 1907 = A. M., Balladen und Lieder (bei Diederichs); 1920 = A. M., Gedichte und Spiele (bei Diederichs); 1927 = A. M., Gesammelte Gedichte (bei Diederichs); 1932 = A. M., Herbstgesang (bei Diederichs); 1939 = A. M., Frühe Gesichte (bei Cotta); 1949 = A. M., Du aber bleibst in mir (bei Fritz Seifert); 1952 = A. M., Gesammelte Gedichte (Werke Bd. 1, bei Diederichs); 1953 = A. M., Gesammelte Balladen (Werke Bd. 2, bei Diederichs); 1979 = A. M., Gedichte aus dem Nachlaß (hrsg. Anni Piorreck, bei Diederichs).

Agnes Miegels Anordnungen „letzter Hand" wurden in allen Fällen berücksichtigt. Das gilt nicht nur für ihre gelegentlichen Umtaufen von Balladentiteln – „Die schöne Dore" in „Die schöne Danzigerin", „Dürer" in „Dürers Veilchenstrauß", „Schöne Bärbel" in „Braune Bärbel" –, sondern auch für die Korrekturen, die sie bei der Neuauflage der „Gesammelten Balladen" 1959 angeregt hat; so zu der Stelle S. 149 „Als der trunkene Maat . . .", zu der Agnes Miegel bemerkt: „Als Nordostdeutsche machte ich da zu *wie* keinen Unterschied, es wird mir aber im Westen immer wieder als schlimmer Fehler angekreidet." Selbstironisch auch ihr Hinweis zu Peter Hardens Lebensalter S. 133: „Und wenn Peter Harden 60 oder 70 Jahre statt nur 50 raffen könnte, wäre es wohl eindrucksvoller."

Eine solide Textgrundlage, nicht mehr und nicht weniger, will dieses Buch bieten. Daß dazu ein überraschender Fund kommt – der fast unbekannt gebliebene Bericht „Mein Weg zur Ballade", den Agnes Miegel zwanzig Jahre nach den „Balladen und Liedern", die ihren Ruhm begründeten, schrieb –, gehört zu den Freuden der Büchermacher und Leser.

Ulf Diederichs